攫《さら》い鬼

怪談飯屋古狸

輪渡颯介

講談社

目次

子捜し霊　五

犬の恩返し　五五

似たもの親子　八五

幽霊屋敷　出たのは何か　一二七

虎太への頼み事　一六五

攫《さら》い鬼

怪談飯屋《めしや》古狸《ふるだぬき》

装画／Ｍｉｎｏｒｕ
装幀／鈴木久美

子捜し霊

一

虎太《とらた》は足早に両国橋《りょうごくばし》を渡った。

両国広小路《ひろこうじ》に出る。江戸随一の盛り場であるこの地には見世物小屋や水茶屋、それに食い物屋の屋台などが立ち並んでいる。今はもう日が暮れてから少し経っているが、それでも行き交う者の姿はかなり多い。だが虎太はそんな周りの様子をまったく気にするそぶりも見せずに、軽い足取りで人々の間をすり抜けていった。

目指す場所は一膳飯屋《いちぜんめしや》「古狸《ふるだぬき》」である。その店へ毎日のように足を運んでいるのだ。

虎太は檜物《ひもの》職人の修業を終え、今は御礼《おれい》奉公をしている最中の二十歳の若者だ。働いている場所は深川《ふかがわ》の伊勢崎町《いせざきちょう》にある。そして古狸があるのは浅草《あさくさ》の福井町《ふくいちょう》だ。仕事を終えた後で晩飯を食いにちょっと寄る店、というには少し離れている。それに虎太が住んでいるのは日本橋久松《にほんばしひさまつ》町《ちょう》の裏長屋で、伊勢崎町からだと古狸の方が遠い。そんな店までわざわざ通っているのである。

この古狸という店は、一人前の飯なら二十四文で、一品だけの注文なら八文で食える。これは別に高くも安くもなく、相場通りの値だ。出される料理はそれなりに美味《うま》いが、他の店と比べて取り立てて言うほどのことはない。それに店構えも尋常で、建物が新しいとか綺麗《きれい》だとかいうこともない。つまり江戸のどこにでも見られるような、ごく当たり前の飯屋なのだ。

あえて珍しいところを挙げるとするなら、一膳飯屋の隣に菓子屋が、その横に蕎麦屋《そばや》が棟続きで並んでいて、この三軒ともが「古狸」という屋号であることくらいである。

しかしこれには容易《たやす》く納得できるわけがある。三軒の店を一家でやっているからだ。

一膳飯屋は長男の義一郎《ぎいちろう》という者が店主を務めている。年はまだ二十三と若いが、容姿が熊のようなので、ともすれば四十過ぎに見える男だ。

蕎麦屋の店主は礼二郎《れいじろう》という名の次男坊である。年は二十二で、こちらは長男と違って痩《や》せており、狐《きつね》のような風貌をしている。

真ん中の菓子屋は、いずれは三男の智三郎《ちさぶろう》が店主をすることになっているが、年が十七と若く、まだ修業中の身でもあるので、今は一家の母親のお孝《こう》が店番をしている。智三郎は鼠《ねずみ》に似た顔の若者であり、お孝の方は昔こそ美人だったが、いつの間にか身も心もすっかり貫禄《かんろく》が付いてしまいました、といった感じのおかみさんだ。

そして、この三軒の「古狸」をやっている一家にはもう一人、お悌《てい》という名の十八になる娘がいる。三つの店を行き来して注文を受けたり料理を運んだりしている看板娘だ。他の兄弟たちは熊、狐、鼠という見た目なのに、お悌だけは違う。どこからどう見ても立派な人間である。愛《あい》嬌《きょう》の塊といった風情《ふぜい》の、大変に可愛《かわい》らしい娘だ。

そしてこのお悌こそが、虎太が古狸へと足繁《あししげ》く通う理由なのである。有り体に言ってしまえば、惚《ほ》れてしまったのだ。

「ぬふ、ぬふふふふ」

間もなく会えるはずの愛《いと》しのお悌の姿が頭に浮かび、虎太は広小路の人混みの真ん中で笑い声を漏らしてしまった。かなり不気味だったらしく、目の前の人垣がさっと二つに割れた。

――おっと、思わず声が出ちまった。

ちょっと気恥ずかしかったが、お蔭《かげ》で歩きやすくなったと前向きに考えることにした。にやけた顔のままで広小路を抜け、柳橋《やなぎばし》を渡る。

古狸に近づいた辺りで虎太はいったん足を止めた。できればお悌には、きりりと引き締まった顔で会いたいと思ったからだった。心を落ち着かせるために空を見上げる。

星がいくつか瞬《またた》いているのが目に入った。雲一つない澄み渡った秋の夜空である。

綺麗だな、と思っていると、爽やかな風が頬を撫《な》でた。昼間はまだ暑さが残っているが、日が暮れた後だと吹く風の中に涼しげな秋の気配が感じられる。

虎太はこの季節が一番好きだ。長雨の頃でもあるが、今日のように晴れてくれれば、秋ほど過ごしやすい時期はないと虎太は思っている。麗《うら》らかな春の陽気も悪くはないが、そちらはどこかぼんやりとした気《け》だるさのようなものを感じてしまうのだ。秋の方がさっぱりしている。

それにこの時期は食い物も美味い。とりわけ、夏に引き続いて大好物の茄子《なす》がまだ出回っているのが素晴らしい。春と秋ではこの点が大きく違う。

古狸に行けばお悌に会え、さらに茄子まで食えるのだ。まさにこの世の極楽である。

——ああ、駄目だ。顔が戻らねぇ。

まあいいか、と虎太は再び歩き出した。

あっという間に古狸に着いた。夏の間は夜でも店の表戸を開けっ放しにしていたが、涼しくなってきた近頃では、日が落ちた後は閉められている。虎太はその戸に手をかけると、勢いよく開いた。

「皆さんお待たせ、虎太がやってきましたぜ」

いつものように声を張り上げながら飯屋の中を見回した。もちろんお悌を捜すためだが、残念ながら今はその姿がなかった。三軒並んだ古狸の中で、真ん中にある菓子屋は日暮れ前に閉めてしまうが、蕎麦屋の方は夜の五つ頃まで開けている。多分、お悌はそちらにいるのだろう。

晩飯時だからか、結構な数の客が飯屋の中にいた。ほとんどは何度も古狸で見たことがある顔だ。突然の虎太の大声にも驚くことなく平然と飯を食らっている。二、三人のあまり馴染《なじ》みのない客だけが目を見開いて虎太の方へと顔を向けていた。

「おう、よく来たな」

奥の方に立っていた店主の義一郎が、口元に笑みを浮かべながら虎太に声をかけてきた。目を小上がりの座敷《ざしき》に移すと、ここの常連客である年寄りの治平《じへい》が、やはりにこにこ笑いながら虎太を手招いていた。その隣では、これまた古狸の常連客で、下駄《げた》の歯直しの仕事をしている佐吉《さきち》という男が、同じように頬を緩めて虎太を眺めていた。

「み、皆さん……いったいどうしたんですかい」

　虎太は眉をひそめながら義一郎へと目を戻した。

「これではまるで、俺を待っていたみたいじゃありませんか」

「お前が『お待たせ』と言いながら入ってきたんだろうが」

「いや、そうですけどね。いつもなら『お前なんか待ってねぇよ』とか、『おととい来やがれ』なんて声で出迎えられるのに」

　他にも「馬鹿」「阿呆《あほう》」「間抜け」、時にはどさくさに紛れて「死んじまえ」などという声が飛ぶ。虎太はそんな中を「いやぁ、参ったな」と頭を掻《か》きながら歩き、小上がりの座敷へと向かっていく、というのが常なのである。

「それなのに今日は妙だ。何かよからぬことを企《たくら》んでいるような……まっ、まさか」

「おっ、よく気づいたな。その通りだよ。喜べ、虎太。これからしばらくの間、飯が無代《ただ》で食えるかもしれんぞ」

「ああ、やっぱり」

　この古狸には、ちょっと変わった決まりがある。怪談をすると飯が無代になるのだ。幽霊が出てくるような恐ろしい話に限らず、誰かが狐や狸に騙《だま》されたとかいう不思議な話でも構わない。ただしまったくの作り話では駄目で、それが起こった場所か、あるいはそれに遭った人が分からないといけない。なぜなら、その場所へ実際に足を運んでみるからだ。それをした者も、やはり古狸の飯が無代になる。

「近頃は誰も怖い話をしないから安心していたのに……」

どうやら久しぶりに怪談が舞い込んできたらしい。

虎太は顔をしかめ、がっくりと肩を落とした。その手の話をするのはたいてい治平か佐吉だが、たまには他の者が語ることもある。だが「その場所へ行く」のは、もっぱら虎太の役目となっているのだ。

「ああ、なんてことだ……」

「まあそう嘆くでない。これも人助けなのだから」

小上がりの座敷から治平が声をかけてきた。

「どうしてこの古狸で怪談をすると飯が無代になるのかは、お前も知っているだろう」

「それは、分かっていますけど……」

古狸一家の主《あるじ》、亀八《かめはち》を捜すためである。

義一郎やお悌の父親である亀八は今、行方《ゆくえ》知れずになっている。初めて虎太が古狸を訪れたのは今年の梅雨《つゆ》時のことだったが、その頃で「いなくなってから半年ほど」が経っていた。当然、それまでに一家の者や店の常連客たちは心当たりを捜し回ったが、見つけることができなかったそうなのだ。

そこで思いついたのがこの「幽霊が出た場所へ行く」というやり方なのである。亀八はその手の話が大好きで、噂《うわさ》を耳にするとそこへ足を運んでいたという。だから、そういう場所を捜せば亀八に会えるかもしれないし、そうでなくても「少し前にそれらしき男を見た」といった、手掛かりのようなものがつかめるかもしれない、と考えたのだ。

ただし、義一郎や礼二郎は古狸の仕事があるので、そう何日も余所《よそ》に泊まり込んで亀八が現れるのを待つことはできない。三男の智三郎は修業中の身だ。常連客の佐吉にも仕事がある。隠居老人の治平は暇だが、さすがに年寄りには酷だ。お悌は父親に似てその手の話が大好きな子であるが、十八の娘に行かせるわけにはいかない。

そのため古狸では、飯を無代にする代わりに幽霊が出たという場所へ泊まり込んでくれる、丈夫な若者を捜し始めた。何人かが名乗りを上げ、実際に泊まりにも行った。しかし、みんなすぐに音を上げて店に来なくなってしまった。それで困っていたところに、この虎太がのこのこ現れたというわけである。

「あの頃は俺も暇で貧乏だったから……」

修業先に出入りしている取引先の若旦那が……いや馬鹿旦那が、裏の長屋に住んでいたまだ十にもならない女の子にけしからん悪戯《いたずら》をしようとしたので、近くを流れている仙台堀《せんだいぼり》へと放り込んでやったのだ。それが原因で修業先を離れていた時期に、虎太は古狸という店に出会ったのである。

その頃の虎太は口入れ屋から紹介された日傭取《ひようと》りの仕事で糊口《ここう》を凌《しの》いでいた。だが梅雨時だったために仕事がない日も多く、金には常に困っていた。だから仕方なく、飯が無代で食えるという話に飛びついたのである。もちろん看板娘のお悌にいいところを見せようという下心も大いにあったのだが、とにかくそれ以来、怪談の場所へ行くのは虎太の役目となってしまったのだ。

「……ですが、俺はもう元の仕事場に戻っていますからね。御礼奉公ということで、わずかとはいえ給金も貰《もら》っています。それでもまだ貧乏なことに変わりはないが、少なくとも暇ではありません」

虎太は苦い表情を浮かべながら座敷に上がり、治平と佐吉のそばに座った。二人の顔をきょろきょろと見ながら、どうにか怖い話を聞かずに済ませられないかと必死に頭を働かせる。

むろん虎太だってお悌の喜ぶ顔が見たいから、亀八を見つけてやりたいと思っている。それにまだ人別《にんべつ》は抜いていないという話なので、古狸一家の主は今も亀八のままだ。もし虎太がお悌を嫁に欲しいと思っているなら自分ではなく亀八の許しを得よ、と義一郎に言われている。だから亀八が出てきてくれないと虎太自身も困るのだ。

しかし、そうかといって「怪談の場所へ行く」という役目をほいほいと引き受ける気にはなれない。「どこかの爺《じい》さんが狐に化かされて、風呂のつもりで肥溜《こえだ》めに浸《つ》かった」とか、「火の玉が飛んできたので煙草《たばこ》を点《つ》けるのに使った」とかいう話ならいいが、治平や佐吉が仕入れてくる怪談は、そういう可愛らしいものとはまったく違うからだ。

古狸に顔を出すようになった虎太が初めて行かされたのは、死神が棲《す》むと言われる空き家だった。出てくるのは女の幽霊で、これがとんでもない相手だった。一度見ただけなら助かるが、二度目に遭うと死ぬという、ややこしい上に洒落《しゃれ》にならない結果をもたらすやつだったのだ。

他にも、女ばかり三人も神隠しに遭っている長屋へ行かされたことがあった。住んでいた者が皆殺しにされた店にも泊まらされた。御神木が伐《き》り倒され、朽ち果てたお社《やしろ》だけが残っているという、祟《たた》り神のいる雑木林を訪れたこともある。

治平たちが仕入れてくるのは、そういう「碌《ろく》でもない幽霊話」ばかりなのである。だから、何とか行かされないように、できれば話も聞かずに済ますようにしたい、と虎太は考えているのだ。

「……俺は一度離れた仕事場に出戻っています。そうすることを認めてくれた親方に義理がある。少しでも恩返しをしたいので、御礼奉公は休まずにしっかり勤め上げたい。前のように、幽霊が出る場所に泊まり込む、なんて真似はできませんよ」

この理屈でどうだろう、と虎太は治平の顔色を窺《うかが》った。残念ながら、まったく納得できないという風に治平は大きく首を振った。

「お前、たまに二日酔いで仕事を休むじゃないか」

「はあ……確かに」

虎太自身は覚えていないが、どうやら酒に酔うと泣き出して暴れる癖があるらしく、二日酔いの朝は青痣《あおあざ》だらけの酷《ひど》い見た目になってしまうのである。それでも一応は仕事場に顔を出すのだが、親方から「帰っていい」と言われてしまうのだ。

それに実は別に二日酔いじゃなくても、頼めば休ませてくれる場合が多い。よほど仕事が立て込んでいる時でなければ、わりと融通を利かせてくれる親方なのである。

「いや、ほら……俺は今、猫を飼っているでしょう。まだ子猫で、人の姿が見えないとにゃあにゃあと鳴いてご近所に迷惑をかける。だから、余所に泊まるのは無理です」

虎太はすかさず次の手を打った。しかしこれも駄目だった。

「一匹だけの時はそうだったが、二匹目を飼ったら前より手がかからなくなったと言っていなかったか」

「ええ、そうなんですよね……」

元々はお悌から飼うように言われた、忠《ちゅう》という名の子猫が一匹だけだった。猫なのにチュウというのはどうかと思うが、それはともかく、この忠が大変に人懐っこい猫で、近くに誰かいないと寂しがって鳴き騒ぐので困っていた。

ところがその後もう一匹、猫三十郎《ねこさんじゅうろう》という子猫が増えた。「三十郎」ではなく、「猫三十郎」で一つの名である。たまたま会った通りすがりの魚屋から「猫は一匹より二匹の方が楽だ」と言われて押し付けられたのだ。本当かよ、と虎太は疑いつつ飼い始めたのだが、驚いたことに本当だった。二匹でじゃれ合って遊ぶことが多くなり、あまり寂しがらなくなったのである。忠と猫三十郎の相性がよかったからだろうが、お蔭で前より手がかからなくなった。

「餌《えさ》なら義一郎が持っていくから平気だ。それでも心配と言うならこの古狸に預ければいいし、少しの間なら儂《わし》が世話をしてやってもいい。子猫たちのことは言いわけにならんよ」

さあ次はどんな手で来るつもりかな、と治平は挑むような目を虎太へと向けた。

「う、ううむ」

虎太は唸《うな》った。これ以上は何も出ない。思い浮かぶとすれば、せいぜい仮病を使うことくらいである。腹が差し込むとか、頭が痛いとか、尻が痒《かゆ》いなどと言って古狸から逃げ出すのだ。

――だが、まだ飯を食っていないし……。

それにお悌にも会っていない。古狸まで来ていながら、お悌の顔を見ずに帰ることなどできるはずがない。

――でもここにいると、怪談を聞かされる羽目になるぞ……。

やはり逃げるか。それとも耳を塞いで留まるべきか。

悩んでいると、いったん店の奥へ引っ込んでいた義一郎が再び姿を現した。料理の載った膳を持っている。虎太の晩飯だ。必ずと言っていいくらい毎日やってくるので、いちいち注文しなくても虎太の食い物は出てくるようになっているのだ。

「ほれ、お前の好物の茄子だ。とりあえず食え」

「へえ、ありがとうございます」

虎太は義一郎から膳を受け取った。まだ悩み続けているので眉根には皺《しわ》が寄っているが、好物が出てきたことで口元は緩んでいる。

「お前は本当に茄子が好きじゃな」

治平が呆《あき》れた様子でそんな虎太を眺めた。

「もちろんですよ。焼いて醤油《しょうゆ》を垂らすだけでも十分だが、味噌《みそ》をつけて鴫焼《しぎやき》として食ってもいい。味噌汁の具にもなるし、漬物にしても食える。そして、そのどれもが美味い」

虎太は膳を引き寄せて箸を取った。まず味噌汁の椀《わん》へと手を伸ばす。

「それに、色がいい。皮は紫、中は白。まさにこの俺に似つかわしい上品な色だ。ねえ治平さん、そう思いませんか。見てくださいよ、この品のある紫を……ほら、この……」

　虎太は味噌汁の具を箸でつまみ、持ち上げたところで言葉を止めた。顔を近づけ、まじまじと眺める。それからゆるゆると首を動かして、訝《いぶか》しげな目で義一郎を見た。

「あの、義一郎さん……この茄子……黄色いんですけど」

「ようやく気づいたか。びっくりするほど遅かったな。うむ、黄色くて当たり前だ。茄子は茄子でも、そいつは唐茄子《とうなす》だから」

「ととと、唐茄子っ。そ、それはつまり……」

「かぼちゃ、だな」

　虎太は指の力を抜いた。箸の間からかぼちゃが抜け、ぽちゃりと味噌汁の中に落ちた。

「……ひ、酷《ひで》ぇ。いくらなんでも酷すぎるぜ義一郎さん。俺は茄子を食うつもりでここに座ったんだ。それなのに、よりによってかぼちゃなんか……」

「かぼちゃはいいぞ。皮が厚いせいか、とにかく日持ちがする。切っちまったら駄目だが、そのままだったら結構長く置いておけるんだ。飯屋にとっては大変に助かる、ありがたい食い物だよ」

「そ、それは作る側の都合でしょうが。食う方はそんなのはどうでもいいんだ。義一郎さん、よく聞いてくださいよ。飯ってのはね、一期一会《いちごいちえ》なんだ。今日の晩飯は今日じゃなきゃ食えねぇ。もし今日の晩飯を残しておいて明日の朝に食ったとしたら、それは多分、明日の朝飯だ」

「多分、じゃなくて間違いなくそうだと思うが……どうした虎太、自分が何を言っているか分かっているか？」

「いや、ちょっと怪しいけど……とにかく俺が言いたいのは、その日その日の飯を大事にしたいということなんですよ。俺は茄子が食べたかった。『嫁に食わすな』でお馴染みの、あの秋茄子が食いたかったんだ。ところが出てきたのは……」

虎太は膳の上に目を落とした。白い飯の他にあるのは、かぼちゃの味噌汁とかぼちゃの煮物、そしてかぼちゃの揚げ物である。見事なかぼちゃ尽くしだ。

「……ちっ」

舌打ちをすると、それを耳にした義一郎が「ははあ」と笑った。

「どうやら虎太は、茄子は好きでも唐茄子は苦手らしいな」

「苦手、などという優しい言葉で誤魔化すことはない。はっきりと嫌いですよ。こんなのは女子供の食い物だ。男が食うような物ではありません」

「ほほう、言い切ったね」

「当然だ。何度でも言いますよ。俺はかぼちゃが嫌いだ。品のねぇ色をしているし、味も悪い。妙な甘みがありやがる。それを味噌汁に入れるなんて、とても信じられない。男の食い物どころか、人間の食い物ですらねぇな、これは」

「……なあ虎太。誰にでも食い物の好き嫌いはあるだろうから、それについて咎《とが》めることはしない。ただ、一つだけ言っておくぞ。かぼちゃは……お悌の好物なんだよ」

虎太の手から箸が滑り落ち、からんからん、と音を立てて膳の上に転がった。

「お……お悌ちゃんが、かぼちゃ好き？」

虎太が呟《つぶや》くと、「そうよ」と小さな声が聞こえた。

恐る恐るそちらを向く。すると奥にある板場へと続く戸口の陰に、体を半分だけ出してこちらを覗《のぞ》いているお悌がいた。その顔にいつもの愛嬌に溢《あふ》れた笑顔はない。妙にじとっとした目で虎太を見つめている。

「お、お悌ちゃん……いつからそこに」

「いつからでもいいわよ。それより虎太さん、酷すぎるんじゃないかしら。かぼちゃが女子供の食べ物だってのはまだいいわ。あたしは女子供に違いないから。でも、人間の食べ物じゃないってのはどういうことよ。それなら、あたしはいったい何だって言うの」

「い、いや、お悌ちゃん、違うんだ。あれは勢いで言っちまっただけのことなんだよ。お悌ちゃんみたいな可愛らしい子が人間じゃないって、そんなことあるわけがない」

虎太は慌てて取り繕ったが、その後に思わず「義一郎さんじゃねぇんだから」と付け加えてしまった。お悌の目がますます怖くなる。

「兄が人間じゃないなら、妹のあたしもそういうことになるわ」

「あああ、ち、違うんだ、お悌ちゃん。いつもの調子で軽口を叩いちまっただけで……あんまり義一郎さんが熊に似ているものだから」

横から「おいっ」という義一郎の声が聞こえた。怒っている様子はなく、むしろ笑いを含んでいるような声だった。

虎太は素早く目を動かして、義一郎、治平、佐吉の顔を見回した。三人とも笑顔だった。窮地に陥った虎太を楽しそうに眺めている。

この連中からの助け舟は期待できない。自力で何とかしなければ、と考えながら、虎太は再びお悌の方へ目を戻した。

「お、お悌ちゃん、実は、俺はかぼちゃが大好物なんだよ。ただ、世間では女子供の食い物のように言われているから、それで見栄《みえ》を張って嫌いなふりをしているだけなんだ。よく見ててくれ、ほら」

虎太は再び箸を手に取り、膳の上にあったかぼちゃの煮物を口へと放り込んだ。

腹積もりでは、味わうことなく一気に飲み込み、それから笑顔で「美味い」と言うつもりだった。だが二つの大きな誤算のため、それは失敗に終わった。一つは、ただでさえ飲み込みづらいかぼちゃを口いっぱいに頬張ったことである。そしてもう一つは、料理がこの上なく熱かったことだった。

虎太は「ぶはっ」と大きな声を立てながら、かぼちゃを口から吹き出してしまった。

「ひ、酷いわ、虎太さん。嫌いで食べられないと言うなら、治平さんや佐吉さんにあげればいいじゃないの。それなのに、そんな食べ物を粗末にするような真似をして……」

「ち、ちが……うぐっ……違うんだ、熱かっただけなんだよ。俺を信じてくれ、お悌ちゃん」

お悌の表情は変わらなかった。

もう何をしても無駄だ、と虎太は諦《あきら》めた。すべての言動が裏目に出る。このまま続けても、ただひたすら墓穴を掘っていくだけになりそうだ。

　だが決してこれで終わりというわけではない。ただ一つ、お悌の機嫌を直す方法があることを虎太は知っている。それはあくまでも奥の手であり、出さないつもりだった。しかし、かくなる上は仕方がない。

「お、お悌ちゃん。それよりも、今から治平さんか佐吉さんのどちらかが……」

　目を二人に向けると、治平がにやりと笑いながら自分の顔を指差した。

「……治平さんが、怖い話をしてくれるところだったんだよ。それで、お悌ちゃんを呼びに行こうかと思っていたんだけど……」

「あら、そうなの。ちょうどいい時に来たってわけね」

　ふふふ、とお悌は笑った。さすがにその手の話が大好きな娘である。あっさりと機嫌を直して戸口の陰から出てきた。

「ふむ、それでは虎太がまたぐだぐだと言い出す前に、さっさと仕入れてきた話を始めるとするか……」

　治平が口を開きながら周りを見回した。

「……だがその前に、さすがに座敷を綺麗に拭いた方がいいな。虎太、義一郎に雑巾を借りて、裏の井戸で濡《ぬ》らしてきなさい。話はそれからだ」

　へ、へい、と首を竦《すく》めて虎太は返事をし、慌てて立ち上がった。

二

「……これは角次郎《かくじろう》という名の、まだ十六の若者の身に起こった出来事じゃ。新川《しんかわ》沿いにある大きな酒問屋に奉公している男で、それなりに真面目に勤めていたんだが、ある時、ふっと仕事に嫌気がさしたそうなんじゃよ」

角次郎は店を抜け出した。

行く当てもなく、ただふらふらと江戸の町を彷徨《さまよ》った。角次郎がいなくなったことに店の者が気づいて捜しに来るかもしれないので、なるべく人が歩いていない方、家があまり建っていない方へと進んでいく。そうしてふと気づくと、日暮里《にっぽり》の辺りに広がる田圃《たんぼ》の中のあぜ道を歩いていたという。

ちょうどその頃に日が暮れかけたので、角次郎は周りをきょろきょろと見回した。寝られそうな場所を探したのである。

空には厚い雲が出ていて、夜には雨が降るかもしれなかった。それで、お堂のようなものはないかと目を凝らしてみたが、残念ながら近くには見当たらなかった。

辺りは一面の田圃で、たまに木が固まって立っている場所がぽつぽつと見えるだけだった。雑木林とまではいえない、ただの小さな木立の塊である。雨を凌ぐのは厳しそうだった。

どこかの橋の下で寝るしかないかな、と思いながらもう一度見回す。すると木立の中に小屋のようなものがあるのが目に入った。

「……角次郎はそこへと近づいてみた。残念ながらそれは小屋と呼べるような代物ではなかった。三方に板を立て、その上にも屋根となる板を取り付けただけのものだったんじゃ。道端に建っているお地蔵さんの祠《ほこら》の少し大きいやつと考えればいいかな。もちろん中にお地蔵さんはいないが。どうやらそれは、近くの田畑を持っているお百姓が、急に雨に降られた時に逃げ込めるようにと作ったものらしい」

粗末な造りではあるが、そこなら濡れずに済みそうだった。もちろん横殴りの雨になれば別だが、幸い風は穏やかだ。角次郎はその場所で一晩を過ごすことに決めた。

中に入り、膝を抱えて座り込んだ。晩飯時なので、腹がぐうと鳴った。

後先を考えずに店を出てきてしまった。明日からどうやって生きていこうか、と考えながらゆっくりと目を閉じた。そうして、いつしかうとうとと眠りに落ちた。

それからどれくらい時が経ったのかは分からないが、角次郎はふっと目を覚ました。誰かに声をかけられたような気がしたのだ。

辺りは真っ暗だった。まったく目が利かないので耳を澄ましてみる。何も聞こえない。ひっそりとしている。雨も降っていないようだ。

声がしたと思ったのは気のせいだったか、と角次郎は再び目を閉じた。その耳に、「うちの子が……」という女の声が飛び込んできた。

　肝を潰しながら、慌てて声のした方へと目を向けた。するとそこに女が立っているのが見えた。年の頃は二十七、八くらい。やつれているが、身なりは悪くない。どこかの商家のかみさんという風情である。

「うちの子がいなくなってしまったのです。一緒に捜していただけませんか」

　女は細い声で言った。

「は、はあ」

　少しほっとしながら角次郎は頷《うなず》いた。どうやら子供が迷子になったらしい。それならこんな寂しい場所を、しかも夜に女が出歩いているのも分かる。きっと必死になって捜しているうちに暗くなってしまったのだろう。結構寝たつもりでいたが、まだ日が暮れてからさほど経っていないに違いない。

「それはお困りでしょう。もちろん一緒にお捜しいたします」

　角次郎は立ち上がった。迷子の子供を捜しに行くべく、足を前へと踏み出す。しかし、二、三歩進んだところで、すぐに立ち止まった。

　本当に真っ暗で、何も見えなかった。雨は降っていないが、雲が垂れ込めているので、月明かりはおろか、星の瞬きすらないのだ。これでは危なくて歩けない。

「ええと、提灯《ちょうちん》か何かをお持ちでは……」

角次郎は女がいる方へと顔を向けた。そこには、ただ暗闇だけが広がっていた。

「……角次郎は震え上がったそうじゃ。急いでここを離れなければ、と考えた。しかしそこは知らない土地で、辺りは真っ暗闇。うかつに動くと、田圃に嵌《は》まったり川に落ちたりするかもしれない。それに、運の悪いことにその時、雨がぽつぽつと降り出したんじゃよ。それで仕方なく角次郎は、お百姓が作った雨よけの場所へと戻った。そうしてまた膝を抱えて座り、女を見たのは寝惚《ねぼ》けていたせいだ、と自分に言い聞かせ続けた。ところが……」

「うちの子がいなくなってしまったのです。一緒に捜していただけませんか」

先ほどとまったく同じ声、同じ言葉が聞こえてきた。

角次郎は、ひいっと声を上げて腰を浮かせた。慌てて声のした方を向く。

あの女がいた。誰かに頼み事をする時のように手を胸の前で合わせ、暗闇の中に佇《たたず》んでいる。

提灯のような明かりは持っていない。しかし、その姿はなぜかはっきりと見える。

間違いなく女がこの世の者でないことが分かった。角次郎は腰を抜かした。

「あの、あの……」

口ごもりながら、尻を使って後ずさりする。板に当たったり木にぶつかったりして、なかなか女から離れることができない。

「うちの子がいなくなってしまったのです。一緒に捜していただけませんか」

また同じことを女が言った。角次郎は力を振り絞って立ち上がり、女に背を向けて走り出した。

「……それから後のことは、よく覚えていないそうじゃ。気づいたら朝で、角次郎は泥だらけで道端に座り込んでいた。どうやらあちこちの田圃に嵌まりながら逃げていたみたいじゃな。で、その格好のまま勤めていた店へと戻った。店主は大目玉を食らわすつもりでいたが、その姿を見て気勢が削《そ》がれてしまい、あまり叱らなかったようじゃ。それがよかったのか、あるいはよほど女の幽霊が怖かったのか、ともかく角次郎はもう二度と店を抜け出すような真似はしないと誓って、今も真面目に奉公に励んでいる。ということで、儂の話はこれで終わりじゃ。角次郎の奉公先の店主と知り合いで、それで耳にした話なのじゃが、どうだったかな」

治平が、話を聞いていた者たちの顔を見回した。

虎太もつられるように周りを見た。お悌が可愛らしい笑みを浮かべている。満足しているようだ。

義一郎も、笑みこそ浮かべてはいないが、「まあ怖かったんじゃないか」という風に頷いている。佐吉も同様だった。

「虎太はどうだったかね」

治平から声をかけられたので、虎太はそちらへと目を戻した。

「怖かったかね」

「そりゃ、もちろん」

虎太は大きく頷いた。かなり怖かった。同じ言葉をひたすら繰り返す女の幽霊。そんなのには会いたくない。

それに出てくる場所も嫌である。田圃に囲まれた木立の中だ。話を聞く限りでは、近くに人家はまったくなさそうに思える。

これまでに虎太は、死神の棲む家や、住んでいた者が皆殺しにされた店などに泊まらされた。恐ろしかったが、それらが町中にあったのが救いだった。誰かしらが近くに住んでいたからだ。今の話と似たような場所で、祟り神のいる雑木林に虎太は行ったことがある。しかし訪れたのは昼間で、そこには泊まらなかった。

――もし俺が、角次郎が女を見た田圃に囲まれた木立の中で一晩を過ごすことになったら。

そして女の幽霊が出たら、どうなるか。恐らく腰を抜かすくらいでは済まずに……。

「……なんか漏れちゃうかも」

「うん？　何だね、虎太。よく聞き取れなかったが」

「ああ、いや、独り言ですよ、治平さん。どうぞ気になさらないでください」

「そうか。それならいいが……で、どうだね虎太」

「何がですかい」

「それはもちろん、お前がその場所へ泊まりに行くということだよ」

虎太はぶるぶると首を振った。こういう話になるのは分かっていたが、今回ばかりは何としても断りたい。どうにかそこへ泊まらずに済まないかと必死に頭を働かせる。

「ええと……俺たちが幽霊話を聞き集めてその場所を訪れるのは、亀八さんを捜すためです。しかし、そんな周りに明かりがないようなところでは難しいのではないでしょうか。もし亀八さんが近くに来たとしても、分からないような気がします」

「うむ。だからこそ虎太の出番なんだ。お前は目だけは本当にいいからな」

「はあ、確かに」

夜目もやたらと利く。下手に提灯などの光があると、かえって見える場所が狭まってしまうので、どんなに暗い夜でも明かりを持たずに出歩いている。それで困ったことはない。

「しかしね、虎太。儂も鬼じゃないよ。さすがに何日も木立の中に野宿するのは酷だ。いくら丈夫なお前でも下手をしたら風邪をひいてしまう。夜は少し冷え込むようになってきたからね。だから儂が昼間、周りの田畑を持っているお百姓に亀八さんらしき者を見たら知らせてくれるように頼んで回るよ。お前はそれがすべて済むまでの間だけ、木立の中で野宿する、ということでいいんじゃないかな。二、三日で済むじゃろう」

「治平さん、それはご親切にどうも……などと言うわけないでしょうが」

楽な仕事を頼んでいるような口調だが、相当酷いことを押し付けている。

「お前なら言うと思ったんだがな……ああ、そうそう。もし女の幽霊に遭ったら、できるだけ力になってやれよ」

「じ、治平さん、何を言い出すんですか」

「その女の幽霊は、子供が迷子になって困っているようじゃ。それなら捜してやらないと」

「そ、そんなこと、できるはずがないでしょう」

無茶な話である。そもそも、女の幽霊が言っていることが本当だとは限らない。仮に本当だとしても、子供の名前すら分からない。訊《たず》ねても無駄だろう。同じことしか繰り返さない幽霊なのだ。知る術《すべ》がない。

「平気よ。きっと虎太さんなら何とかできると思うわ」

横からお悌が口を挟んだ。満面に笑みを浮かべている。

「虎太さんはこれまでにもたくさんの幽霊に出遭ってきたわ。そういう、運のよさを持っている人なのよ」

「お、お悌ちゃん……」

それは運が悪いと言うのでは、と思ったが、口に出すことはしなかった。お悌にとっては、幽霊に遭うことは運がよいことなのだ。

「それに虎太さんが泊まりに行った場所の中に、住んでいた人が皆殺しにされたっていうお店があったでしょう。あれ、下手人が捕まったらしいわよ。蝦蟇《がま》蛙《がえる》の吉《きち》っていう人が頭目をやっている盗賊の連中。もちろん虎太さんが何かしたってわけじゃないけど、泊まった後で連中が捕まったっていうのは、これもまた虎太さんの運のよさがもたらしたものじゃないかと、あたしは感じるのよ」

「お、お悌ちゃん……」

お悌たちには隠しているが、実は裏で虎太は蝦蟇蛙の吉たちの捕縛に関わっていたのである。その際に危うく殺されそうになっている。まったくもって、運が悪い。

「とにかく、虎太さんが動けば何とかなるような気がするのよ。忠ちゃんと猫三十郎ちゃんはうちで預かるから、二、三日と言わず、十日くらいゆっくり泊まり込んできていいわよ」

「ああ、なるほど……」

お悌の目当てはそれだったのか、と虎太は納得した。お悌と義一郎はかなりの猫好きなのである。しかし一家の他の者はさほどでもなく、食い物屋をやっていることもあって、古狸で猫を飼うというのは憚《はばか》られるらしい。

しかし虎太からしばらくの間だけ預かるのは構わないようだ。亀八を捜すため、という名目があるからだろう。

「あ、あのさ、お悌ちゃん」

このままでは例の木立の中に野宿することが決まってしまう。何とか断ろうと思い、虎太はお悌に声をかけた。

その時、突然お悌が真顔になり、ちらりと虎太の前にある膳の上へと目を落とした。しかしそれはほんの一瞬のことで、すぐにまたお悌は目を上げて、虎太に向かってにっこりとほほ笑んだ。

「ううっ」

言う通りにすればさっきのかぼちゃの件は不問にする、ということなのだろう。

「虎太さん、しっかりね」

「は、はい……」

虎太は力なく頷いた。

三

虎太は例の小さな木立の中にいる。

そこは話に聞いた通りの場所だった。木立の外は見渡す限りの田圃である。たまにここと似たような小さな木立がぽつりぽつりとあるくらいだ。近くに人家はない。

目の前には角次郎が休んだという、百姓が雨よけのために作った場所がある。これもまた治平が言っていた通りで、三方に板が立てられ、その上に屋根となる板を取り付けただけの粗末なものだった。広さは半畳くらい、屋根の高さは虎太の目の高さほどである。雨を避けられさえすればいいので、かなり適当に作られたもののようだ。

――こんなところで一晩過ごすのかよ。

ああ嫌だ、と虎太は嘆きながら空を見上げた。仕事を終えてから来たので、すでに夜になっている。

空には雲が出ていたが、角次郎が来た時に覆っていたような雨雲ではなかった。もっと薄いものだ。雲の向こうに隠れている月の場所がぼんやりとだが分かる。雲間に星が瞬いているのも見えた。

他の者ならかなり暗く感じるだろうが、夜目が利く虎太にとっては十分な明るさがある。幽霊が出たとしても、角次郎と違って田圃に嵌まらずに逃げることができそうだ。

——もちろん出ないことを祈るが……。

出るとしたら、いつ頃になるだろう、と考えながら、虎太は雨よけの屋根の下に入り込んだ。腰を下ろして背中を板に預ける。

角次郎は、うとうとしているところを女の幽霊に起こされた。逃げ出した後のことは覚えてなくて、気づくと朝になっていたという。だから角次郎が幽霊に遭ったのが夜中だったのか、まだ宵の口だったのか、あるいは明け方近くだったのか、それがまったく分からない。

——もう夜が白々と明けかけているって時に出てくれると助かるな。

いや、むしろ早い方がいいか。逃げる気力が残っているうちに……。

「うちの子がいなくなってしまったのです」

「そうそう、そんな感じで早めに……ふえええっ」

女の声に虎太は飛び上がった。慌てて立ち上がったせいで低い屋根に頭をぶつけた。

「一緒に捜していただけませんか」

「い、いくらなんでも早すぎる」

頭をさすりながら声のした方を見る。

女が立っていた。年の頃は二十七、八か。どこかの商家のかみさんといった感じだ。角次郎が見た女で間違いなさそうである。

「うちの子がいなくなってしまったのです。一緒に捜して……」

「す、すまねぇ。ちょっと用事を思い出しちまった」

　虎太は逃げ出した。角次郎と違って夜目が利くので動きは速い。あっという間に木立を抜け、広々とした田圃の真ん中の道に出る。そのまま前だけを向き、一目散に走り始めた。

　例の木立からだいぶ離れた辺りまで来たところで虎太はようやく立ち止まった。ぜえぜえと荒い息を吐きながら振り返る。

「……うちの子がいなくなってしまったのです」

「ひぃ」

　ほんの二、三間ほど後ろに女がいた。先ほど木立の中で見た時と同じ姿勢で佇んでいる。走ってきた様子はない。だが、しっかりついてきている。

「一緒に捜していただけませんか」

「お、俺、人を捜すのは苦手で……」

　虎太はまた逃げ出した。田圃の中の道を懸命に駆ける。

　道の端に大きめの木が一本、目印のように立っているのが見えたので、虎太はその後ろに回り込んだ。隠れたのである。

　木の幹に寄りかかりながら息を整える。そうしながら辺りの気配を必死に探った。少なくとも怪しい物音は聞こえなかった。

――だいぶ走ったから、さすがにもういなくなったかな。

そうであってくれ、と祈りつつ木の陰からそっと顔を出し、やってきた方を覗く。

「うちの子がいなくなってしまったのです」

「ふええ」

「一緒に捜していただけませんか」

「ご、ごめんなさい。俺には無理だ。せいぜい犬か猫を捜すくらいがお似合いの、その程度の男なんです」

本人は覚えていなかったが、きっと角次郎も同じ目に遭ったんだろうな、と虎太は思った。こんな風に女に追いかけられ、あちこちの田圃に嵌まって泥だらけになったのだ。

「うちの子がいなくなってしまったのです」

女がまた同じ言葉を繰り返した。このままでは埒《らち》が明かない。朝まで追いかけっこが続いてしまう。

「わ、分かった。分かりました。子供を捜します。きっと見つけますから許してください」

虎太は木の陰から出て、女に向かって頭を下げた。

「だけど、どんな子供か分からないと捜しようがない。せめて名前とか、年とか……」

「……しんきち」

初めて女が違う言葉を喋《しゃべ》った。びっくりした虎太が顔を上げると、そこにはもう女の姿はなく、ただ闇が広がっているだけだった。

「……おう、お前が虎太さんかい」

翌朝、虎太が初めに訪れた例の木立の脇で呆然《ぼうぜん》と佇んでいると、百姓のなりをした四十過ぎくらいの男から声をかけられた。

「朝飯を持ってきてやったよ。ただの握り飯だけどな」

「は、はあ……ええと、あなたは？」

戸惑いながら虎太が訊《き》くと、男は周りを指差した。

「ここら辺の田圃を持っている、喜作《きさく》って者だ。昨日、治平さんっていう人がうちに来てね、お前さんのことを頼まれたんだよ」

「ああ、なるほど」

昨日の昼間のうちに治平は、亀八らしき男が現れたら知らせてくれ、と近在の百姓の家を頼んで回っていた。その時に、ついでに虎太のことも告げたのだろう。

喜作の指が田圃から木立の方へと動いた。

「そこの雨よけを作ったのも俺だ。ただ、近頃はまったく使ってねぇ。何しろ、あんなことがあったからな。この木立の中には足を踏み入れなくなった。外から手を合わせるだけだ」

「はあ……き、喜作さん。あんなことって、何ですかい」

「治平さんから聞いてないのかい。ちゃんと教えたんだが」

虎太は首を振った。昨日ここへ来る前に、子猫たちを預けるために古狸に寄ったが、その際に治平にも会っている。治平はこの木立の場所については事細かく教えてくれたが、その他のことは一切喋ってなかった。

「ここで、何があったんですか」

「今から半年くらい前……いや、もう少し前かな。女がね、首を吊《つ》ったんだよ」

「ええっ」

あの糞《くそ》じじいめ、と虎太は心の中で治平を罵《ののし》った。そういうことは教えておいてほしかった。

「死体を見つけちまったのが俺なんでね、それで岡っ引きに色々と訊かれたり、ここまで手を合わせに来た女の友達と話したりしたから、事情をよく知っているんだ。本当に気の毒な話だよ。俺も嫌な気分になっちまった」

「それについて、詳しく教えてほしいんですが」

「ううむ、まあ別に構わねぇけどよ。とりあえず朝飯を食ったらどうだい」

「はあ。いただきます」

腹が減っていたので、虎太は握り飯を頬張りながら喜作の話を聞くことにした。


首を吊った女は「お喜乃《きの》」といい、神田鍛冶町《かんだかじちょう》にある草履《ぞうり》問屋、但馬屋《たじまや》のかみさんだった。亭主の名は幹五郎《みきごろう》で、二人の間には三つになる「信吉《しんきち》」という一人息子がいたという。

だが、その信吉がある時、行方知れずになってしまった。お喜乃がほんのちょっと目を離した隙の出来事だった。

その日、お喜乃が信吉を連れて近所を歩いていると、道具箱を担いだ大工らしき男から声をかけられた。普請場《ふしんば》に行く途中で道に迷ってしまった、ということだった。

知っている町の名だったので、当然、お喜乃は男に道を教えてあげた。ここをまっすぐ行って、あそこを右に曲がって、などと指で示しながら丁寧に説明したのだ。やがて男が礼を言って去っていき、やれやれと思いながら振り返ると、すぐ後ろに立っているとばかり思っていた信吉の姿が、影も形もなくなっていたのである。

それから但馬屋は大騒ぎになった。店中の者が総出で信吉を捜した。もちろん隣近所の者だって信吉のために走り回った。しかし見つからないまま、ひと月、ふた月と過ぎていった。

そうして三ヵ月ほどが経った時、お喜乃は幹五郎から三下り半を突き付けられた。一人息子がいなくなったことで、夫婦の間に強い隙間風が吹いていたのだ。幹五郎は、信吉がいなくなったのはお前のせいだと散々詰《なじ》った上で、お喜乃を家から追い出したのである。

但馬屋を出たお喜乃は、浅草の方へと向かってとぼとぼと歩き去った。故郷が北国だったので、千住大橋《せんじゅおおはし》を渡ってそちらへと帰るつもりなのだろう、とお喜乃の友人で、ただ一人見送りに出た近所のかみさんは思ったという。

だが、お喜乃は千住大橋を渡らなかった。その手前で左に折れ、何もない日暮里の田圃の方へと進んでいったのだ。

そうしてお喜乃は、自らの帯を使い、この木立の中で首を吊ったのだった。

「……ふえぇ。それは本当に、何というか、気の毒な話ですねぇ」

話を聞き終えた虎太は、はあ、と大きく溜息《ためいき》をついた。

「幹五郎という亭主に少し腹が立つが、あまり悪く言えないかな。信吉はそいつにとっても大事な一人息子だ。それがいなくなったんだから、心が荒れるのも仕方がない。きっと、お喜乃さんを追い出したことを今では悔いていることでしょう」

虎太が幹五郎にも同情していると、「ふふん」と喜作が鼻で笑った。

「甘いな、虎太さんとやら。もちろん幹五郎だって、一人息子がいなくなってがっくりきただろう。だがね、とっくに立ち直っているよ。この間、ちょっと用があって鍛冶町の方へ行ったんで、ついでに但馬屋を覗いてみたんだ。そうしたら幹五郎のやつ、もう後添《のちぞ》いを貰っていたよ」

「はあ？」

「しかもその新しい女房、随分と腹が大きかった。お喜乃さんを追い出したのは今から半年前くらいの話だ。そうすると、いつ頃できたんだろうな、幹五郎と新しい女房は」

「ううむ」

幹五郎への同情は消し飛んだ。お前もここで首を吊れ、と心の中で罵りながら虎太は空を見上げた。

昨夜見た幽霊がお喜乃であることは疑いようもない。亡くなった今もまだ行方知れずになった信吉を捜し続けているのだ。

但馬屋や近所の人たちが走り回っても信吉は見つからなかった。はたして、虎太が一人で奮闘したところで、どうにかなるものなのだろうか。

――でも、「きっと見つけます」ってお喜乃さんに言っちまったからなぁ……。

とんでもない安請け合いをしてしまったものだ、と虎太はまた溜息をついた。

四

虎太は神田鍛冶町にある但馬屋の近所をうろうろしている。

百姓の喜作からお喜乃のことを聞いた後、虎太はいったん伊勢崎町の修業先の店へ顔を出した。用があって休む旨を告げたところ、あっさりと親方に許されたので、その足で今度は鍛冶町へ向かった。そして但馬屋を訪れ、お喜乃と信吉についての話を聞きたい、と告げたら追い出されてしまい、今に至っているのである。

――まさか、本当に塩を撒《ま》かれるとは思わなかったなぁ。

しかも当人に向かって、と虎太は顔をしかめながら体中にかかった塩を手で払った。こういうのは厄介者がいなくなった後で、お清めのために撒くのだと思っていた。だが但馬屋で、虎太は直《じか》に塩を投げつけられたのである。

お蔭で虎太は一つ学んだ。細かい粒でも、まとめて顔にぶつけられると結構痛い。

「ちくしょう、幹五郎のやつめ……」

やっぱり首を括《くく》って死んじまえ、と虎太は思い切り吐き捨てた。

「……おや、但馬屋さんで何かあったのかい」

横にあった荒物屋から声がかかった。そちらへ顔を向けると、店の土間に箒《ほうき》を持った女が立っている。年は三十くらいか。ここのかみさんらしい。掃除をしていたら虎太の声が耳に入った、ということのようだ。

「ああ、いや、別に大したことじゃないんですが……」

「そのわりには穏やかじゃない言葉が聞こえたけれどね。首を括れとか何とか。お喜乃ちゃんがあんなことになってまだ間もないのに、そんな酷い言葉を吐くのは、どうかと思うよ」

「は、はあ……あの、お喜乃さんの知り合いの方ですかい」

「そりゃご近所だから知っているよ。それに、あたしはお喜乃ちゃんとはわりと仲良くしていた方でね。但馬屋さんから出ていった時も、柳橋の近くまで見送りに行ったんだ。まっすぐ故郷に向かうと思ったんだけどね、その後であんなことになってしまって……。だから、お兄さんが碌でもない言葉を吐いているのを聞き咎めて、慌てて声をかけたってわけさ」

「へ、へえ……そいつはどうも」

このかみさんは、喜作の話の中に出てきた、お喜乃の友人らしい。

「但馬屋さんで何があったか知らないけどさ、そういう言葉は口に出すもんじゃないよ。耳にした者の気分まで悪くなる」

「まったくもって、おっしゃる通りです」

「そういうのは心の中で思っていればいいんだ、あたしみたいに」

「うん？」

虎太は荒物屋のかみさんをまじまじと見た。かみさんは虎太に向かってにやりと笑い、それからまた土間の掃き掃除を始めた。

――ははあ、なるほど。

お喜乃とは仲良くしていたというから、この女も幹五郎のことを内心では憎々しく思っているに違いない。

この女からもっと話を聞いておいた方がいいだろうと考えて虎太は荒物屋に入った。

「あのう、おかみさん」

「はいはい、いらっしゃい……なんだお兄さんか。あんたまだいたのかい」

「へい、ちょっとお話を、と思いまして」

「あたしの方は別に喋ることなんてないよ」

客じゃないなら帰ってくれ、というようにかみさんは虎太に向かって手をさっ、さっと振った。それから箒を置いて雑巾を取り、今度は帳場の床の拭き掃除を始めた。働き者のかみさんのようである。

「まあそうおっしゃらずに。俺はお喜乃さんの子供を捜したいと思っているんです」

「ふうん」

かみさんは手を止めた。顔を上げ、胡散臭《うさんくさ》い者を見るような目で虎太を睨《にら》み回す。

「信吉ちゃんをねぇ……どういうわけで？」

「いや、それは……」

お喜乃の幽霊と約束したから、と言ってしまっていいものかどうか虎太は悩んだ。ただでさえ怪しいやつと思われているようだ。そんなことを告げたら、また塩を投げつけられるかもしれない。

迷った末、虎太は嘘《うそ》をつくことに決めた。

「……ええと、喜作さんという方から頼まれたのです。お喜乃さんが亡くなった、あの辺りの田圃を持っているお百姓さんです。多分、おかみさんも知っていると思いますが」

「手を合わせに行った時に会った人だね。何となく覚えているよ」

喜作の名を出したことで、虎太を睨むかみさんの目つきが少しだけ緩んだ。

「だけど、どうして信吉ちゃんを捜すって話になっているんだい」

「自分の土地で亡くなったのだから、喜作さんはお喜乃さんについて気にかけているんですよ。すべての原因は子供がいなくなったことだ。それなら見つけてやりたい、とそう考えたようなんです。そこで、人捜しがうまいこの俺が駆り出されたってわけでして。ええ、得意なんです。周りから人捜し名人と呼ばれていまして」

「ふうん。喜作さんって人は、随分と優しいんだねぇ」

かみさんは感心したように何度も首を縦に振った。しかし、その後で虎太へ向けた目には、やはりまだ胡散臭げなものを見るような色があった。

「しかし、お兄さんが人捜し名人ねぇ……いなくなった犬猫を捜すのもやっと、という顔をしているのに」

「自分でもそう思い……ああ、いや、そんなことはありませんよ。とにかく、喜作さんから頼まれましてね。それで但馬屋へ行ったら塩を撒かれたというわけで」

「そりゃ仕方ないね。新しい後添いを貰ったばかりだから。あまりお喜乃ちゃんの名は出してほしくないだろうよ」

かみさんは虎太の顔を見ながら店の上がり框《がまち》を指差した。そこへ座れということのようだ。

「それにもうすぐ幹五郎さんと後添いとの間に子供が生まれる。その子に罪はないからね。お兄さんも腹が立つだろうが、但馬屋さんのことはそっとしといておやりよ」

「ううむ……」

腰を下ろしながら虎太は唸った。何か仕返しを、と思っていたが、そう言われるとできなくなる。

「まあ、ちょっとばかしだけど、つい五日ほど前に但馬屋さんも運の悪い目に遭っているよ。それでよしとするんだね」

「はあ……何があったんですかい」

「お役人に届け出ているわけじゃないから大きな声では言えないが、噂によると、但馬屋さんは盗人《ぬすっと》に入られたらしいんだよ。盗まれた金は、五両にもなるんだって」

そう言いながらかみさんは片方の手のひらを大きく広げた。ちょっと嬉《うれ》しそうだった。

「五両も……」

虎太にとってはかなり大きな額だ。ほんの少しだけ幹五郎に対する腹立ちが収まった。

「しかし、どうしてお役人に届けないんですかね」

「金がなくなったことにすらすぐには気づかなかったほど鮮やかに盗まれたからだよ。もしかしたら自分の勘違いかもしれないって幹五郎さんは思っているんだ。ただ一方で、それなら『鎌《かま》鼬《いたち》の七《しち》』の仕業に違いないって考えてもいるみたいだけどね」

「か、鎌鼬の七だって」

虎太は腰を浮かせた。その名は耳にしたことがある。

「おや、お兄さんは鎌鼬の七を知っているのかい」

「は、はい、もちろん知って……いたような気がするんですが……忘れました」

いったいどこで、誰から、何を聞いたんだったっけ、と首を捻《ひね》りながら再び腰を下ろした。思い出せない。

「勘違いじゃないのかい。鎌鼬の七が盗みを働いていたのは、今から二十年以上も前だからね。多分、お兄さんが生まれる前の話だよ。あたしだってまだ十かそこらだったから詳しくは知らないけど、大人たちが感心して話していたのはよく覚えている。但馬屋さんに入った盗人のように、鮮やかな手口で金を盗んでいくんだって。それに人も傷つけない」

「ううん、やっぱり聞いたことがあるな」

「噂話を耳にしただけだろうね。今あたしが言ったように、鎌鼬の七は二十年以上前の盗人さ。だから但馬屋さんから五両を盗んだのは、きっと別の人だろうね。さあ、それよりも信吉ちゃんの話をしないと。実はね、行方知れずになった時、あたしもその場にいたんだよ」

「はあ？　それは、いったいどういうことですかい」

「このそばの裏通りで、信吉ちゃんを連れて歩いているお喜乃ちゃんにばったり会ったのさ。それで立ち話をしていたら大工さんみたいな人が来てね。道を訊ねられた」

「なるほど」

　その辺りのことは喜作から聞いている。しかし喜作は、このかみさんも一緒にいたことは端折《はしょ》って話したようだ。

「その大工さん、飲み込みの悪い人でね。あたしたちが左だって言っているのに、『ああ、こっちですね』なんて右の方を指したりするんだよ。それで、あそこをこっち、その先をこっち、なんて具合に丁寧に教えたんだ。ようやく覚えてもらって、走り去っていったんだけど、心配だからね。ちゃんと教えた角を曲がるか確かめようと二人で見送っていたんだ。その姿が消えて、やれやれと思って振り返ったら、そこにいたはずの信吉ちゃんが消えていたってわけさ」

「ふうむ」

　その大工を捜してもいいが、あまり期待できないかな、と虎太は思った。道を訊いているのだから、説明しているお喜乃たちと同じ方角を向いていたはずだ。大工も信吉の様子など目に入っていなかっただろう。それに信吉がいなくなってから九ヵ月以上は経っている。そいつはもう別の普請場に移っているに違いない。見つけるのは難しいだろう。

　念のため一応は大工のことも頭には入れておいて、と考えながら虎太は荒物屋のかみさんの顔を見た。

「それからどうなりましたか」

「もちろん、あたしたちは必死になって信吉ちゃんを捜したよ。でも見つからなかった。但馬屋さんにいる人たちだけじゃなく、近所中の人が総出で捜したんだけどね。他の人たちが『ああ、これは神隠しに遭ったに違いない』って諦めた後も、あたしとお喜乃ちゃんは懸命に走り回った。それでも駄目で、お喜乃ちゃんは但馬屋さんを追い出され……」

かみさんがくるりと虎太に背を向けた。着物の袖で涙を拭うような仕草をしている。

これ以上は何も聞き出せそうにない。それなのにお喜乃のことを思い出させるようなことをするのは酷かな、と考え、虎太は立ち上がった。そして丁寧に礼を言って荒物屋を後にした。


古狸を訪れてここまでのことを話そうかと思ったが、まだ真っ昼間なので行くのは早いと思い直した。

そこで虎太は日暮里の田圃の中にある、お喜乃が首を吊った例の木立へと再び向かった。今朝方その脇で喜作と話したが、その後に何もせずにそそくさとそこを離れてしまったことを思い出したからだった。せめて手を合わせておきたいと思ったのだ。

木立に着くと先客がいた。六十くらいの年の、僧侶だった。板で適当に作られた、あの雨よけの場所に向かって、経を読んでいたのである。

これは好都合、と虎太は僧侶の少し後ろに立ち、一緒になって手を合わせた。

しばらくすると読経が止まった。虎太が顔を上げると、僧侶が不思議そうにこちらを見ていた。

「喜作さんかと思ったが、違う人のようじゃな。そうなると、ここで亡くなったお喜乃さんの知り合いの方かな」

「へ、へい。だいたいそんな感じの者です。ええと……お坊様は、お喜乃さんの菩提寺《ぼだいじ》の和尚さんか何かですかい」

「いや、違う。お喜乃さんは北国の方の人らしいから、菩提はそちらで弔われているんじゃないかな。拙僧は、この場所へ地蔵を建てようと思って訪れたのじゃよ。喜作さんにも話をつけたから、この後は石屋さんへ向かおうと思っている」

「は、はあ……」

菩提寺の和尚ではない。しかしお喜乃のことは知っている。そしてこの場所に地蔵を建てようとしている。

「……あのう、どうしてそんなことをしようと思ったんですかい」

「拙僧の元に御仏が現れてな、頼まれたのじゃよ。ああ、お喜乃さんの魂ではないぞ。男の声だった。きっとお喜乃さんのご先祖であろう」

「へ、へえ……」

「ほんの四、五日前の夜のことじゃ。拙僧が寺で寝ていると、ふと気配を感じた。それで目を開けると、部屋の隅に黒い人影があったのじゃ。その人影は低い声でお喜乃さんのことを告げ、成仏できるように懇《ねんご》ろに弔ってほしいと頼んできた。人影は、その金でお願いしますと拙僧の枕元を指差した。いつの間にか、そこに何やら包みが置かれていたんじゃ。それを手に取り、人影の方へと再び目を戻したら、その姿はもうなかった、というわけじゃよ。動いたような気配はまったく感じなかった。消えたとしかいいようがない」

「はあ、そんなこともあるんですねぇ。それで、その包みに入った金でお地蔵様を作る、と」

「うむ。五両も入っていたからな。十分じゃ」

「そんなに置いていったんですか。お喜乃さんのご先祖の霊はお金持ちですねぇ……」

あれ、と虎太は首を傾《かし》げた。但馬屋から盗まれたのも五両だった。そして寺に置かれていったのも五両だ。それから、但馬屋に盗人が入ったのは五日前だと荒物屋のかみさんは言っていた。寺に黒い人影が現れたのも、四、五日前だという。これは、たまたまなのだろうか。

石屋に行くから、と言って離れていく僧侶の後ろ姿を見送りながら、虎太は首を傾げて考え続けた。

五

「鎌鼬の七のことなら、俺がお前に教えてやったんじゃないか」

一膳飯屋古狸の中に呆れたような佐吉の声が響いた。

お喜乃の幽霊のことや、その後の顛末《てんまつ》などを義一郎とお悌、治平、佐吉に向かって話していた最中のことである。どうしても虎太は鎌鼬の七の名を誰から聞いたのかまったく思い出せなかった。それで佐吉に「忘れちまったんですよ」と告げたら、その当人だったのだ。

「お前は本当に忘れっぽいやつだな。蝦蟇蛙の吉について話した時に、ついでに出したんだよ」

「そうでしたっけ。まったく思い出せねぇ」

蝦蟇蛙の吉の方はよく覚えている。古狸一家の者や治平、佐吉には内緒だが、そいつは虎太が捕まえたようなものだからだ。

蝦蟇蛙の吉は今、お白洲《しらす》での裁きを待っているところである。何人も殺している荒い手口の盗賊の頭なので、間違いなく死罪になるだろう。それも市中引き回しの上、打ち首獄門という厳しいものになるに決まっている。

そしてその後、お悌が嬉々《きき》として晒《さら》された首を見物に行くことも間違いないだろう。お悌はそういう娘だ。

「……もう一度お訊ねしますが、佐吉さん、鎌鼬の七っていう盗人は、金が盗まれたことすら気づかないほど手口が鮮やかだった、ということでしたよね」

「ああ、そうだよ」

「そうなると反対に、金を置きに行くこともできるわけだ。やはり鎌鼬の七に違いない。今回の場合はお喜乃さんのことを和尚さんに話さなきゃならないから姿を見せたが、その気になれば金だけを残していけたんだろうな。和尚さんは人影が動いた気配を感じなかったと言っていたが、稀代《きたい》の盗人なら、そんなこともできたはず」

「まあ、それが本物の鎌鼬の七なら容易いじゃろうが……」

横から治平が口を挟んだ。首を傾げている。虎太の意見に納得できないようだ。

「鎌鼬の七は、別に義賊ってわけではないんじゃ。盗んだ銭を貧しい人に分け与えた、みたいな話は聞いたことがない。もちろんそんなのも、気づかれないうちにこっそりしていたのかもしれないが……ううむ、どうかな。それにね、虎太の話を聞いた限りでは、お喜乃さんや但馬屋と、鎌鼬の七の間の繫《つな》がりが見えない。さらに言うと、鎌鼬の七の名をよく耳にしたのは二十年以上も前だ。今頃になってまた現れるなんてことは……」

「つまり治平さんは、但馬屋に入ったのは鎌鼬の七ではないと考えているわけですね」

「蝦蟇蛙の吉もそうだが、世間に名が知れると、それを騙《かた》る輩《やから》ってのが必ず出てくるものなんだよ。多分、但馬屋に入ったのもそういう手合いじゃないかな」

「でもそうなると、寺の方に現れたのは……」

「お喜乃さんのご先祖の霊だろう」

「ええっ」

虎太はこれまでに何度も幽霊に出遭っている。だからお喜乃の先祖が現れたとしても、それについては今さら驚かない。しかし、幽霊が金を置いていったなんて話は……。

「おっ、虎太。儂のことを疑い深げに見ているな。まあ、無理はないか。儂だって頭から信じて言っているわけじゃないからね。お喜乃さんのご先祖の霊かもしれないし、そうではないかもしれない。大事なのはそこじゃないんだ。何者かが和尚さんに金を渡し、和尚さんはそれを使ってお喜乃さんのために地蔵を建ててくれる。それで十分じゃないか。金の出所についてとやかく言うのは野暮というものだろう」

「その通りだわ」

今度はお悌が口を挟んできた。相変わらず愛嬌に溢れた可愛らしい笑みを浮かべている。

「さすが治平さん、いいことを言うわ。大事なのはお喜乃さんの霊が成仏することなのよ。虎太さんもそう思うでしょう」

「あ、ああ。もちろんだよ。俺はずっとそう思ってた」

虎太は大きく頷いた。

「お喜乃さんの霊については、今後は和尚さんに任せるべきだろう。これで今回の件は終わりかな。珍しく一件落着という感じで……」

「あら、虎太さんにはまだすることが残っているでしょう」

「えっ、何が……ああ、亀八さんを捜すことか」

「それもあるけど、もう一人、いなくなった信吉ちゃんを捜さなきゃ。お喜乃さんと約束したんでしょう」

「あ、ああ……それか」

怖さのあまり安請け合いしてしまったが、見つけられるか自信がない。

「お喜乃さんが気の毒だから、急いで捜してね。見つかるまで……そうね、うちで虎太さんに出す料理は、かぼちゃだけにするわ」

「へ……」

「義一郎兄さん、虎太さんの前にあるお膳、片付けちゃっていいわよね」

お悌が義一郎に訊ねた。一昨日《おととい》の晩飯の時に吐き出してしまったので、昨日と今日は料理が元通り好物の茄子に戻っていたのだ。それをお悌は下げようとしている。話すことに夢中になっていたので、まだあまり手を付けていない。

これは守らなければ、と虎太は慌てて膳の上に覆《おお》い被《かぶ》さった。しかし義一郎が「俺が持っていくよ」と出てきて、横から虎太を蹴った。熊男の力である。虎太はあっさり飛ばされ、床を転がって壁に頭を打った。

痛たたた、と頭を押さえながら起き上がった時には、膳を持って店の奥へ消えていく義一郎の背中が見えた。

「ま、待ってくれ。俺の茄子が、俺の茄子がぁ……」

必死に手を伸ばす虎太に向かって、「信吉ちゃんを早く見つけることね」とお悌が冷たい声で言った。

「お、お悌ちゃん……」

そちらに目を向けると、お悌の顔からいつもの笑顔が消えていた。

「それまではずっとかぼちゃよ。食べ続ければ、そのうち虎太さんも好きになるんじゃないかしら」

「ああ……」

どうやらお悌は、まだ一昨日のことを怒っているらしい。この様子では、本当に古狸ではかぼちゃしか食わせてもらえなそうである。

——一刻も早く信吉を見つけなければ。

虎太は心からそう思った。

犬の恩返し

一

「皆さんお待たせ、虎太がやってきましたぜ」

いつものように声を張り上げながら一膳飯屋「古狸」に入ると、あちこちから虎太を罵る悪口が飛んできた。

古狸に変わりはないようだ。虎太は安心しながら小上がりの座敷へと向かった。いつも自分が座っている場所で、先に来ていた年寄りが膳の上の料理に箸を伸ばしているのが見えた。

「いやあ、治平さん。少し見ないうちに、いい人相になりましたねぇ。見違えるようだ。まるで仙人みたいじゃありませんか。少しほっそりして、白くて太い眉毛が両脇に垂れ下がるように伸びて……」

「おい虎太、昨日会ったばかりじゃろう。一日でそう変わるわけがない。その隣に座っているのが儂じゃよ。見えておるだろうが」

治平が横合いから口を出した。もちろん昨日と同じ顔である。

「へいへい、分かっていますよ。一緒にいるから、きっと治平さんの知り合いだろうと思いましてね。冗談を言わせていただきました。どうも、虎太と申します」

仙人顔の年寄りに軽く頭を下げながら虎太は座敷へと上がった。いつもの場所にその年寄りがいるので、治平の正面に陣取る。常連の佐吉がよく座っている場所なのだが、今日は来ていないようだ。

「儂は金兵衛《きんべえ》だ。お前さんのことは治平さんから聞いているよ」

治平と比べると声に力があった。よく見ると、顔こそほっそりしているが、肩や腕はがっしりしている。随分と体の逞《たくま》しい仙人である。

「この金兵衛さんはね、植木屋さんなんじゃよ。木の手入れだけじゃなくて、庭石を入れたり池を造ったりもするから、庭師と言った方がいいかもしれないが……。店自体はもう息子さんに継がせているんだが、今でも仕事に出ているんじゃ」

治平の説明に、虎太はなるほど、と頷いた。隠居老人の治平とは違うわけだ。

「金兵衛さん、治平さんから俺のことを聞いているとおっしゃいましたが……」

虎太は横目で治平を睨んだ。

「どうせ碌なことしか言ってないんでしょうね」

「そんなことはないぞ。ちょっと抜けているところがあるし、酔っ払うと泣き出すし、銭もあまり持っていないし、運が悪すぎてやたらと幽霊に出遭っちまうが、体だけは丈夫だと褒めていた」

「そいつはありがたいや」

もっと酷いことを言われているかと思った。治平にしては優しい。

「それから、物凄《ものすご》く目のよい男だとも言っていたな」

「ふむ」

大したことではないが、あまり褒められることのない虎太にしてみれば十分に嬉しかった。これはもう褒め言葉の大盤振る舞いと言っていい。思わず頬が緩んだ。

「しかし、仕事熱心ではないと顔をしかめていた。御礼奉公の最中で、間もなく独り立ちをしなければならないのに、仕事に行かないことがよくあると」

「ああ？」

緩んだ頬が引き締まった。虎太は再び治平を睨みつけた。

「どの口がそれを言うんですか。俺はね、真面目に仕事に行きたいんだ。それなのに、治平さんの方で足を引っ張っているんでしょうが」

「いやいや、儂は常に虎太のことをちゃんと考えているよ。しかし一方で、亀八さんを見つけなければいけないわけだ。そのためには虎太の力がいる。それで、どうしたものかね、と金兵衛さんに相談しただけのことなのじゃよ」

「本当ですかね」

なおも治平を睨み続けていると、「随分と機嫌が悪そうじゃねぇか」という野太い声が聞こえた。義一郎である。虎太の膳を運んできたのだ。

「ほらよ、好物の茄子尽くしだ。これで機嫌を直せ」

「ううっ」

出された料理を見て虎太は唸った。茄子は茄子でも唐茄子である。かぼちゃの煮物に揚げ物、そして味噌汁だ。

お喜乃の件があってからのここ数日、古狸で虎太は、ずっと苦手なかぼちゃを食わされている。正直、もううんざりだった。お悌がいるからと今のところは我慢して通っているが、早晩それもなくなるかもしれない。

参ったなあ……と肩を落としながら膳の上を眺めていると、今度は可愛らしい声が聞こえてきた。

「いつも同じようなものばかりじゃ虎太さんも可哀想《かわいそう》よね。だから今日は、お団子を作ってきてあげたわ」

「お悌ちゃん」

声の方へ目を向けると、お悌がにこにこしながら皿を運んでくるのが見えた。

やはり優しい娘なんだ、と涙を浮かべながら虎太は皿を受け取った。丸くて黄色い塊がいくつも載っている。

あっという間に涙が引っ込んだ。

「煮たかぼちゃを裏漉《うらご》しして、お団子みたいに丸めたのよ」

「お、お悌ちゃん……」

すでにかぼちゃの煮物が出ているのに、どうしてわざわざこんなものを持ってくるのか。

「こうした方が食べやすいし、形が違えば気分も変わるでしょう。とにかくね、ここでは虎太さんは、かぼちゃから逃れられないのよ。行方知れずの信吉ちゃんを見つけるか、あるいは開き直ってかぼちゃを好きになるしかないわね」

「うう……」

嫌いな食べ物がそうそうすぐに好物に変わるわけがないのはお悌も分かっているはずだ。つまり、「早く信吉を捜し出せ」と言っているわけである。

――厳しいなあ……。

お喜乃の幽霊と約束してしまった手前もあるが、そうじゃなくてもまだ三つだった子供がいなくなってしまったのだから、虎太だって見つけてやりたいと思っている。実際、少しでも暇があれば捜し回っている。しかし、似たような子供を見たという話すら耳に入らないのだ。

もしかしたらお喜乃や荒物屋のかみさんが道を教えた大工が何か見ているかもしれないと考え、信吉を捜すついでにあちこちの普請場を回ってもいるのだが、そちらの男も出てこなかった。信吉の件に関しては行き詰まっているのである。

――ううむ。

どうしたものか、と虎太が頭を捻っていると、再び治平の声が聞こえてきた。

「さて、お悌ちゃんも来たことだし、始めるとするか」

「へ？」

お悌が嬉しそうな顔で座敷に上がってきた。義一郎も近づいてくる。

「治平さん……始めるって、何を？」

「言わなくても分かるじゃろうが」

「……はい」

怪談である。

「いや、でも、それなら俺が店に入ってきた時に、あんなに罵らなくても」

「お前に怪しまれないように、いつも通りにしただけじゃよ」

「そんな工夫をしなくても……」

ただの罵られ損である。

「不満なら、次からは怖い話がある時には温かく迎えてやるよ。その代わり逃げるんじゃないよ。さて、とにかく怪談を始めるとしよう。話をしてもらうために、今日はわざわざ金兵衛さんに来てもらったんじゃよ。なかなか面白い出来事が起こったそうなのでね」

「はあ、面白い出来事ね……治平さん、例えば死ぬつもりで橋から飛び降りようとしている男がいるとします。治平さんはこの男を後ろから蹴り飛ばしますか。あるいは首を吊っている男がいたら、その足を引っ張りますか」

「急にどうしたんだね、虎太。何を言っているのかまったく分からんが」

「今の俺に怪談を聞かせるってのは、それと似たようなものなんですよ」

「ますます分からん……まあ、お前が怖い話を聞きたくないと思っているのは嫌というほど伝わるが、それはもう、今さらだろう。それにね、金兵衛さんの話はお前向きなんじゃ。だから、むしろお悌ちゃんに謝っておかねばなるまい。すまないけどね、お悌ちゃん。これから金兵衛さんがするのは、怖いというよりも不思議だと感じる話なんじゃよ」

「あら、構わないわよ。この前のお喜乃さんのは、少し嫌な感じの話だったから、たまにはそういうのも悪くないんじゃないかしら」

「うむ。お悌ちゃんの許しが出たから、お願いしようかね」

治平が金兵衛の顔を見た。お悌と義一郎も目を向けた。虎太は目を背けた。

「それでは話をさせてもらうよ」

金兵衛が口を開いた。力強い声なので、聞きたくなくてもしっかり耳に入ってくる。迷惑だ。

「初めに断っておくが、今からする話は二つに分かれている。昔あった話と、ついこの間起こった出来事だ。しかし、聞けば分かることだが、この二つは繋がっているんだよ。まず、昔の話を始める。あれは確か、今から……」

二

二十年も前の話である。

その日、金兵衛は染《そめ》井《い》村《むら》の辺りを歩いていた。知り合いの植木屋を訪ねた帰りだった。

金兵衛は仕事柄、木を眺めるのが好きである。それで、わざわざ道を外れて雑木林の中を通っていた。
梅雨の時季だったので、足下がぬかるんでいる。金兵衛は転ばないように下を気にしつつ、周りの木々にも目をやるという、器用なことをしながら林を進んだ。そうしてしばらく行くと、奥の方から犬の鳴き声が聞こえてきた。

野犬のようだ。一匹だけならいいが群れでいたら少し厄介だな、と金兵衛は考え、踵《きびす》を返した。しかし、少し戻っただけですぐに立ち止まった。

犬の声が妙に気になったのだ。威嚇するために鳴いているのではなく、何かを知らせようとしている声のように思えたのである。

金兵衛は声の方へ進んでみた。近づいていく途中でどうやら犬は一匹だけだと分かったので足を速めた。

突然、目の前が開けた。崖の上に出たのだ。金兵衛は危うく落ちるところだったが、慌てて手を伸ばして横にあった木につかまり、難を逃れた。

恐る恐る下を覗き込む。元々あった崖ではなく、最近になって雨で崩れてできたもののようだった。地面が抉《えぐ》れている。崖というよりはむしろ、大きな穴と言った方がいいものだ。

その底に犬がいた。こちらを見上げて吠《ほ》え続けている。酷く痩せ細っているように見えるのは穴の底に溜《た》まった雨水で濡れたせいなのかもしれないが、とにかくみすぼらしい感じの犬だった。

――ははあ、穴に落ちてしまったから、助けを呼んでいたのか。

さてどうしようかな、と金兵衛は悩んだ。足場が悪いから、助けるならいったん引き返して、どこかで梯子《はしご》なり縄なりを借りてこなければ駄目そうである。犬一匹のために、そこまでするべきだろうか……。

迷っていると、犬が穴の端の方へと動いた。その様子を目で追った金兵衛は、あっ、と大きな声を出した。

穴の中にいたのは一匹の犬だけではなかった。気づかなかったが、膝を抱えて蹲《うずくま》っている十くらいの男の子も端にいたのである。

「おい坊主。無事か。怪我《けが》はないか」

金兵衛が呼びかけると男の子は顔を上げた。その子も今になってやっと金兵衛がいることに気づいたようだった。にこりと笑ってから立ち上がり、金兵衛へ向かって手を振ってきた。

どうやら大きな怪我はしていないようだ。着物が酷く汚れているから、きっとずるずると滑り落ちるような形になったのだろう。

金兵衛は男の子に待っているように告げ、近くの家へと走った。そこで梯子と縄を借り、急いで穴へと引き返した。

それらの道具を貸してくれた家の主人もついてきてくれたので、案外と楽に穴から助け上げることができた。もちろん子供だけじゃなく、犬も一緒だ。

男の子に話を聞くと、よく近所をうろついている野良犬が穴に落ちていたので、助けようとしたら自分もそこに落ちてしまったという。犬好きの子供らしかった。

お礼をしたいから自分の家まで来てくれ、と男の子は言ったが、金兵衛は「坊主が一人前の大人になったら酒の一杯でも奢《おご》ってくれ」とだけ告げた。

「……男の子は、一緒に助けに来たご主人が送っていった。そして儂は自分の家へと向かったんだが、どういうわけかあの犬が後ろからついてきたんだ。もしかしてこいつもお礼がしたいのかな、と思ったので『お前はついでに助けただけだから、別に恩返しなんてしなくていいよ。どうしてもって言うなら断りはしないが、よほど俺が困った時にしてくれ』と声をかけてみた。そうしたら犬は一声鳴いて、雑木林の方へ戻っていったんだ……と、まあここまでが二十年前の話だ。次の話はそれから年月が経った、ほんのふた月ほど前のことでね……」

金兵衛は日暮里にある、とある商家の寮を訪れていた。

庭の手入れをするためだった。つまり仕事であるが、金兵衛はそこへ五つになる孫の甚太《じんた》も連れていった。古くからの付き合いがある商家だったので気兼ねはないし、寮にいる先方の隠居が子供好きで、むしろそちらの方が甚太に会いたがっていたからだった。

庭の手入れは店を継いでいる倅《せがれ》や弟子たちに任せ、金兵衛は寮の中で隠居と喋っていた。もちろん甚太も近くに座らせていた。

しかし、五つの子供がいつまでも年寄りたちの話を大人しく聞いているはずがない。そのうちに立ち上がり、部屋から出ていってしまった。金兵衛はそのことに気づいていたが、庭には倅たちがいるのだからと、あまり心配せずにそのまま会話を続けた。

　それから少し経ち、昼飯時になった。金兵衛は甚太を呼ぶために部屋を出た。声をかけながら庭の方に回る。

　ところが、甚太の姿はなかった。倅や弟子たちに訊いても、見ていないという。それで今度は寮の建物の中に戻って捜してみたが、やはりどこにも見当たらなかった。

　寮の近くには大川《おおかわ》が流れている。まさかそちらへ行ってしまったのでは、と大騒ぎになった。とにかく見に行ってみようという話になり、商家の隠居だけを残して、金兵衛たちは大勢で大川へと向かった。

　寮にいる時から気づいていたが、どこかで犬が吠えていた。それが大川に近づくにつれて大きくなっていく。

　もしかして甚太が犬に襲われているのかもしれない。そう考えた倅と弟子たちは犬の声のする方へ大急ぎで走っていった。金兵衛はさすがに年寄りなので、それらの若い者たちにはついていけなかった。少し遅れて、大川の畔《ほとり》へと辿《たど》り着く。

　甚太が立っているのが見えたので、金兵衛はほっとした。無事のようだ。

　先に着いた倅たちは、犬を追い払っているところだった。やはり襲われていたのか、と思いながら、金兵衛は川沿いを走り去っていく犬を見送った。水に濡れているのか、やけに痩せ細っているように見えた。随分とみすぼらしい感じの犬だった。

「……で、儂らは甚太を寮へと連れて帰った。そして一緒に昼飯を食いながら、一人で川の方へ行っちゃ駄目じゃないか、と叱った。そうしたら、大人の女の人に連れていってもらったんだ、と甚太は言うんだよ。だが、それはおかしいんだ。寮には隠居と、世話をする商家の手代がいた。それと儂ら植木屋だ。男ばかりなんだよ。それに、近くに人家はない。儂は妙に思って、甚太に詳しく話を聞いてみたんだ」

年寄りたちの話を聞くのに飽きて部屋を出た甚太は、人のいる庭の方ではなく、誰もいない寮の建物の裏へ回ったという。

水たまりがあったので、甚太はそのそばに座り込み、一人で泥遊びを始めた。そうして夢中になっていると、不意に声をかけられたそうだ。

顔を上げると、女が甚太を手招いていた。母ちゃんと同じくらいの人、とのことだから、二十五、六といったあたりの者らしい。

女は「向こうの川のそばに猫がたくさんいるよ。生まれたばかりの子猫もいるよ」と告げ、一緒に見に行こうと誘った。甚太は大喜びし、その女と手を繋いで大川へと向かった。

ところが大川に着いてみると猫など一匹も見当たらなかった。どこにいるの、と訊くと、女は「猫は川の向こう岸だよ。お舟に乗って行くんだよ」と答え、甚太の手を強く引っ張ったという。

「……川岸に小さい舟が停まっていたらしい。女は甚太をそこへと連れていった。舟にはもう一人、竿《さお》を持った男の人が乗っていたようだ。漕《こ》ぎ手だろうね。甚太はあまりおかしいと感じることなく、女に手を引かれてそのまま舟に乗ろうとした。ところがその時、どこからともなく犬が現れたんだ。甚太によると『川の中からぶわっと出てきた』そうなんだが、まだ五つの子供が言うことだからね、さすがにそれは信じがたい。だが、犬がいたのは確かだ。それは儂らも見ているからね」

犬はまず、甚太の手を引いていた女に向かって激しく吠え立てた。女は怯《ひる》んで、甚太の手を離した。すると犬は女と甚太を遮るように間に入って、さらに激しく吠え始めた。

舟から男が下りてきて、犬を追い払うために竿を振り回した。しかし犬はまったく逃げようとせず、今度は男に向かって牙《きば》を剝《む》いた。そうこうしているうちに、甚太を呼ぶ金兵衛たちの声が遠くから聞こえてきたという。

「……連中は舟に乗り込んで、素早く岸から離れていったそうだ。後には甚太と犬だけが残された。そこへ倅たちがやってきた、というわけだ。つまり、甚太は何者かに拐《かどわ》かされそうになったってわけなんだよ。それを犬が助けたんだ……ということで儂の話は終わりだ。どうだろう、こんなものでよかったのかな」

金兵衛は治平の顔を見た。

「うむ。結構な話だったと儂は思うよ。しかし、儂よりも虎太がどう感じたかだな。どうだったかね、虎太。思った通りのことを言ってごらん」

「はあ……甚太ってのはいい名ですね。俺の名にちょっと似ている。きっと大きくなったら俺みたいになるんだろうな」

「お前……忌まわしいことを言うんじゃないよ。金兵衛さんが気を悪くするじゃないか」

「思った通りのことを言えっていうから……」

「お前に訊いた儂が間違いだった。そこまで阿呆だったとは」

治平は、心底呆れた、というような顔で首を振った。

「冗談ですよ、治平さん。それでは真面目にお答えしましょう」

「いや、結構だ。虎太はしばらく黙っていてくれ」

「ええっ、いや、言わせてくださいよ」

治平は虎太に向かって、しっ、しっ、と犬を追い払うような仕草をした。そんなことをされては仕方がない。ちっ、と舌打ちして虎太は黙り込んだ。

「ええと、お悌ちゃんはどう思ったかね」

治平はお悌へと顔を向けた。訊かれたお悌は、そうね、と小首を傾げて少しだけ考え込み、それから口を開いた。

「……初めに金兵衛さんは、『二つは繋がっている』っておっしゃいました。これは二十年前に犬を助けた話と、ふた月ほど前に甚太ちゃんが犬に助けられた話のことです。つまり金兵衛さんは、二十年前の犬が恩返しのために現れたのだ、と考えていることになるわ。でも、そうなると分からないことがあるのよ」

　お悌は金兵衛へと顔を向けた。

「金兵衛さんが助けた、穴に落ちた犬は多分、結構な年だったと思うのよ。みすぼらしく見えるだけで実は案外と若い犬だったかもしれないけど、少なくとも子犬でないことは間違いない。そして甚太ちゃんを助けた犬も、穴に落ちた犬と同じくらいの年格好だったみたいね。だけど二つの話の間には二十年の隔たりがあるから、この二匹がまったく同じ犬であるはずがないわ。つまりふた月前の犬は、二十年前の犬が恩返しをするために幽霊となって出てきたのだ、ということになる……と思うんだけど、なぜか金兵衛さんは『川の中からぶわっと出てきた』という甚太ちゃんの言葉を信じがたいと言っている。幽霊だと考えるなら、そういう出方をしても不思議はないのに」

「ほう」

　金兵衛は感心したように唸った。

「なかなか頭の働く娘さんのようじゃな。それで、お悌ちゃんはそれについてどう思っているのかね」

「迷っているのでしょうね。幽霊かもしれない、でも違うかもしれないと。それは多分、ふた月前に甚太ちゃんを助けた犬が、走って去っていったからだと思うわ。あたしもそこが少し妙だな、と感じたのよ」

　ああ、なるほど、と虎太も遅ればせながらお悌に感心した。確かに幽霊だったら、現れた時と同じように、ぶわっと消えればいい。わざわざ走り去っていくなんて、そんな面倒なことをすることはない。疲れるだけだ。

　さすがお悌ちゃん。料理の注文はやたらと間違えるくせに、幽霊に関することなら驚くほど頭が働く。

「そこで、どうして金兵衛さんは、今の話をしに古狸に来たのかしら、とあたしは不思議に思ったの。もちろん治平さんから聞いて、うちの店に興味を抱いただけかもしれない。でもきっと違うわ。多分、興味を持ったのは虎太さんに対してでしょうね。やたらと幽霊に出遭ってしまうことを知っていたし」

　その話をしていた時にお悌はここにいなかったが、奥でかぼちゃ団子を作りながら聞いていたに違いない。随分と耳がいい。たとえその姿が見えなかったとしても、古狸にいる時にはお悌の機嫌を損ねるようなことを口にしては駄目だ、と虎太は肝に銘じた。

「……色々と考えると、金兵衛さんがうちにやってきたのは、その犬を捜してくれと虎太さんに頼むためじゃないかと思うの」

「ちょっとお悌ちゃん……いくらなんでもそれはないよ」

　虎太は笑った。この世にいるかどうかも分からない野良犬を捜すのを頼むだなんて、そんな馬鹿なことが……。

「本当に頭の働く娘さんだ。その通りだよ。孫の恩人……いや恩犬だからね。どうにか見つけられないかと思っているんだ」

「ええっ」

本気で言っているのか、と虎太は慌てて金兵衛の顔を見た。心の底からお悌に感心しているといった様子が見えた。本気だ。

「確かにこれは虎太さんに頼むしかないわね。生きているのか幽霊なのか分からない犬を捜すのに、これほど打ってつけの人はいないわ。それに虎太さんは今、うちのお父《とっ》つぁんや信吉ちゃんを捜して方々を歩き回っている。そこに犬が加わるだけだわ」

「ちょ、ちょっとお悌ちゃん、まさかこの俺が、犬捜しをするなんて……」

「虎太さんにはお似合いだと思うけど」

「……はい」

かぼちゃの件以来、お悌ちゃんは時々冷たい。しかし自分でもそう思うので素直に返事をした。虎太が日々している亀八と信吉の行方を捜すという役割に、犬捜しも加わった。

三

虎太は疲れ切っていた。

親方に頼み込んで仕事を休み、今日は朝から犬捜しをしている。甚太が拐かされそうになった場所から、大川沿いに下って歩いたのだ。もちろん川原ばかりではなく、川のそばにある町々などにも足を踏み入れて、裏道を覗き込んだり、通りかかった人に犬を見なかったかと訊ねたりしていた。

だが、それらしき犬の姿はどこにもなかった。何度か野良犬がいたという話も聞き込んだが、行ってみると金兵衛から聞いたのとは毛色や大きさがまったく違う犬がいるだけだった。そんなことを繰り返しているうちに、いつしか日が西の空に傾いてしまった。

——今日はもう駄目だな。

虎太は道端に座り込んだ。そして、ここはどこだったかなと辺りを見回した。

吾妻橋《あづまばし》の近くだった。大川自体は特に驚くことではなかったが、本所《ほんじょ》側にいたことに肝を潰した。自分では大川の浅草側を歩いているつもりだったのだ。いつどこで川を越えたのか、まったく覚えていなかった。

——参ったな。

疲れのせいか、頭の中に靄《もや》が立ち込めているように感じた。ぼんやりしていて、うまく働いていない。それに足腰も痛かった。こんなことじゃ、たとえ犬が姿を現したとしても追いかけるのは難しそうだ、と思った。すぐに見失うに決まっている。

——まあ、俺は運が悪いからな。もし見つかるとしたら、きっとこんな時だろう。

虎太がそう思って苦笑いを浮かべていると、そのすぐ目の前を犬が通り過ぎた。

やけに痩せ細って見える犬だった。みすぼらしいと感じてしまうほどだ。それから毛色は、金兵衛から聞いたのと同じだ。

——ほら、こんな風にさ。やっぱり俺は運が悪いんだ。

こんな日はさっさと帰って、寝ちまうのが一番……ええっ？

虎太は素早く立ち上がった。足腰の痛みが吹き飛ぶ。頭の中の靄も消え去った。犬を追いかける力が湧き上がっている。

犬が去った方へと目を向けた。曲がり角の向こうに尻尾が消えるところだった。

虎太は懸命に走り、犬が消えていった角を曲がった。

ずっと向こうの方に犬の後ろ姿が見えた。体や毛並みなどはみすぼらしいくせに、歩き方はやけに楽しそうな犬だ。とっ、とっ、とっ、とっ、という感じで跳ねるように進んでいく。

追いつけそうだ、と思いながら虎太は駆けた。しかし犬はまた角を曲がってしまった。

辺りはだいぶ薄暗くなっている。すっかり日が落ちてしまう前に犬に追いつきたい。そうでないと見失ってしまう。

まだいてくれよ、と祈りながら、犬の曲がった角を覗く。すると犬は、狭い路地に入っていくところだった。

今度はあそこか、と虎太は急いで路地のところまで走った。そうしてまた覗き込んでみると、そこには裏長屋の木戸口があった。

――ここに入ったのか。

もしあの犬がこの裏長屋をねぐらにしているなら助かる。追いついた後で犬を手懐けるという手間が省けるからだ。金兵衛の方をここへ連れてくればいいだけである。

どうかあの犬がいますように、と心の中で祈りながら虎太は木戸を通り抜けた。空《あ》き店《だな》が多いのか、あまり人の気配を感じない長屋だと思った。

――いや、人はどうでもいい。それより犬だ。あいつはどこに行ったのか。

二棟の長屋の間の狭い路地を進む。一番奥の少し開けている場所に出た。井戸や物干し場、厠《かわや》、掃《は》き溜《だ》めなどがあるところだ。

左右に目を配ると、長屋の建物の端の辺りに男が屈《かが》んでいるのが見えた。

何をしているのか気になったが、それより今は犬である。虎太は厠の裏側が怪しいと思い、そちらへと向かった。

そっと覗き込む。犬はいなかった。ならば長屋の建物と脇の板塀との間に入り込んだのか、と考えてそこも見たが、やはり犬の姿はない。

他に隠れられそうなところは、と考えながら周りを見回した。

「おおっ」

虎太のいる場所は、屈んでいる男の斜め後ろだった。だから、男が何をしているのかよく見えた。そいつは、長屋の縁の下に寝そべっている犬を撫でていたのだ。

――やっと追いついたぞ。

しかも人によく馴《な》れているようだ。これなら金兵衛を連れてくるだけで済む。

虎太は満面に笑みを浮かべながら、男と犬に近づいた。しかし、すぐそばまで行ったところで、顔から笑みが消え去った。

虎太は体の力が抜け、その場に座り込んでしまった。

ようやく気配に気づいたらしく、男が振り返った。そして虎太の様子を見て目を丸くした。

「おや、どうしたんだい。具合でも悪いのかな」

「いえ、疲れが一気に襲ってきただけですよ。それよりも、念のためにお訊きしたいのですが……その犬、雌ですよね」

「そりゃ、まあ。見ての通り腹が大きいしね」

「ああ、やっぱり……」

金兵衛が見た犬は、この間の大川沿いのも、二十年前のも、どちらも雄だったのである。

「もう一つお訊ねします。この辺りに、そいつの他に野良犬がいますかね」

「いやあ、いないね。俺は犬が好きだから、いたら必ず気づく。少なくともここ最近はこいつくらいしか見てないなぁ」

「ふわあああ」

虎太は暮れゆく空を見ながら力のない声を上げた。それならあの犬はここを通り過ぎただけで、今頃はもう遠くへ行ってしまっている、ということなのだろう。

「本当に具合が悪くはないのかい。医者を呼ぼうか」

「いえ、平気ですよ。犬を捜していましてね。それらしいのがいたからここまで追いかけてきたんだ。そいつを見失っちまったから嘆いただけです」

虎太はのろのろと立ち上がった。もう追いかけてきたあの犬のことは諦めた。せっかくだから、帰る前にこっちの雌犬の顔をもっとよく見てやろうと思った。

男の横まで行って、腰を屈める。大人しそうな犬である。

「ううん、毛色は似ているんだけどなぁ……」

金兵衛から聞いているのとほぼ同じだ。

「こいつの兄弟か何かなのかなぁ……」

「多分、違うよ」

虎太の呟きに男が返事をした。

「こいつは下谷《したや》の生まれだ。兄弟はそっちの方にいるはずだよ」

「へ？　なんでそんなことを知っているんですかい」

「こいつの祖父《じい》さんに当たる野良犬が昔、俺の家の近くをよくうろついていたんだ。そいつと仲がよかったものだから、子孫のことが気になっちまって」

「へえ……」

「その犬とは一度、一緒に穴に落ちたことがあるんだ。あれは大変だった」

「はあ、穴にねぇ……」

ちょっと背中がぞくりとした。心当たりがあるかもしれない。

「……それはいつ頃のことですかい。その……穴に落ちたのは」

「俺がまだ十くらいの時だったから、かれこれもう二十年も前だな」

「場所は……染井村の辺りですね」

「その通りだが……あんた、いったい何者だい？」

「その時にあなたを穴から助け上げた人の知り合いですよ。金兵衛さんっていう植木屋さんです。その人に頼まれて、とある犬を捜していたんだが、どういうわけかあなたに行き当たってしまった」

これは、たまたまなのだろうか。それとも犬の幽霊が俺を動かしているのだろうか。

まず間違いなく後者だ、と虎太は思った。さっきまで追いかけていた犬は、この世のものではあるまい。俺をこの男に会わせようとして、ここまで導いてきたのだ。

「俺は虎太ってぇ者です。檜物師になる修業をしていましてね。今は御礼奉公の最中なんだ。それで、あなたは？」

「俺はここの表店で経師屋《きょうじや》をやっている、与三郎《よさぶろう》って者だ。それより本当なのかい、あんたが俺と犬を穴から上げてくれた人の知り合いだってのは」

「本当ですよ。ええと、他に何か聞いたかな……ああ、そうだ。あなたは礼がしたいから家まで来てくれと言ったが、金兵衛さんは、一人前になったら酒でも奢ってくれ、みたいなことを答えたんじゃなかったかな」

「ふわあああ」

今度は与三郎が力のない声を上げた。膝をつき、そのまま前へと倒れ込む。

「うわっ、どうしたんですかい。具合でも悪いのかな」

「いや、びっくりしすぎたんだ。とても信じられねぇ」

与三郎は体を起こし、その場にあぐらをかいて座り込んだ。目を丸くしている。

「まさかあの命の恩人の知り合いが現れるなんて。実は経師屋として自分の店を持った時、その人のことを捜したことがあったんだよ。だけど見つからなくてね。諦めたんだ」

「ああ、それなら俺が案内しますよ。会いに行きましょうや」

虎太が言うと、与三郎はふっと寂しげな顔になった。

「いや、無理だ。もう遅いんだよ」

「へ？　別に、遅いってことはないのでは」

「店を出したばかりの時ならよかったんだよ。まだ仕事がたくさんあった。だが、だんだんと先細りしていってね。近頃は碌に注文が入らなくて、店を畳まなきゃ駄目かな、と思うようになっているところだ。だから無理なんだよ。今の俺は、とても一人前だなんて言えない。命の恩人に合わせる顔がないんだ」

「はあ……」

「すまないが、その……金兵衛さんって言ったか。命の恩人には、俺のことは告げないでおいてくれないか」

与三郎はのろのろと立ち上がった。そして虎太に向かって「頼んだよ」と言ってから、長屋の路地をふらふらと歩いていった。

虎太はその背中を見送りながら、どうするべきか悩んでいた。

四

翌日の晩、虎太が古狸でかぼちゃの味噌汁に苦戦していると、正面に座っていた治平が「おおっ」と突然大声を出した。

びっくりした虎太は味噌汁を一気に喉へ流し込んでしまった。熱いのと不味《まず》いのとで、吐き出しそうになる。しかし、そんなことをしたらお悌に嫌われてしまうかもしれない、と思って懸命に堪《こら》えた。

お蔭で口から吐くなどという汚いことをせずに済んだ。だがその代わりに鼻からちょろりと味噌汁が漏れ出た。

「おおっ、金兵衛さん。ここだ、ここ。前と同じところだよ」

治平はただ、店に来た金兵衛に自分の居場所を教えるために大声を出しただけだった。

「そんな大声を出さなくても分かるよ」

金兵衛は呆れたように言いながら近づいてきた。

「うむ、虎太もいるな。どうした、やけに洟《はな》を啜《すす》っているが、風邪でもひいたか」

「いえ、これは洟じゃなくてかぼちゃです。どうか気になさらないでいただきたい」

「そうか」

よく分からない、という風に首を傾げながら金兵衛は座敷に上がってきた。

「それより金兵衛さん。例の件はどうなりました。与三郎さん、俺のことを怒っていましたか」

虎太は恐る恐る訊ねた。昨日、虎太は与三郎と別れた後で、金兵衛の植木屋へ行ったのである。与三郎のことを洗いざらい話してしまった。

「ああ、平気だよ。与三郎もね、多分、虎太は自分のことを教えに行くんだろうな、と薄々感じていたそうなんだ。だから苦笑いを浮かべただけだったよ」

今日、金兵衛は与三郎の店を訪ねることになっていた。その首尾を知らせるため、帰りに古狸に寄ったのである。その辺りの事情を虎太はついさっき治平に話した。だからこの老人も、金兵衛のことを待ち構えていたのだ。

「どうだったね、金兵衛さん。命の恩人と、命を助けられた者の二十年ぶりの再会は」

治平が身を乗り出すようにして訊ねた。

「別に大したことはなかったよ。『あの時はどうも』『いやいや気にすることはない』で終わりだ。それより、弥左衛門《やざえもん》さんも一緒に行ったんだが、そっちとの話の方が与三郎にとってはありがたかったようだな」

「あのう、誰ですかい、弥左衛門さんって」

いきなり知らない名が出てきたので虎太は口を挟んだ。ところが金兵衛はなぜか、不思議そうな顔をした。

「なに言っているんだ。お前はよく知っているだろう」

「へ？」

虎太は首を捻った。多分知らないと思うが、あまり自信はなかった。決して物覚えのいい方ではないからだ。

誰だったかな、と必死で思い出そうとしている虎太に構わず、金兵衛は治平との話を続けた。

「弥左衛門さんは、ちょうど店や寮の襖《ふすま》の張り替えを考えていたところだったんだよ。それで、日暮里からわざわざ本所まで一緒に行ってもらったんだよ」

「ははあ」

どうやら弥左衛門というのは、甚太が拐かしに遭いそうになった時に訪れていた寮の、持ち主の隠居の名のようだ。

金兵衛の話の中に、その名は出てきたかな、と虎太はまた首を捻って考えたが、どうしても思い出せなかった。自分か金兵衛、どちらかが勘違いしている。しかし今はもうその正体が分かったのだから、どうでもいいことだと思い、虎太は金兵衛と治平の話に耳を傾けることにした。

「弥左衛門さんは今日、その仕事を与三郎に頼んだんだよ。それなりに大きな仕事だからね、与三郎も喜んでいた。それに弥左衛門さんは顔が広いから、もしその仕事がうまくいったら、知り合いにも与三郎を紹介すると思う」

「ほう。それはいい話だ。そこから与三郎さんの仕事が広がっていけば言うことなしじゃ」

「ま、それは与三郎の腕次第だ。儂らにはどうしようもない……それはそうとして、虎太が追いかけていった犬をどう考えるべきかな。そいつについていったら与三郎のいる長屋を見つけた。そして犬は消えた。ということはやはりあの時、与三郎と一緒に穴に落ちた犬の幽霊なのかね。

俺への恩返しとして、孫の甚太を助けた。そして与三郎への恩返しとして虎太を導き、そこから経師屋の仕事へと繋げていった。そういうことなのだろうか」

「うむ、儂はそうだと思うよ。感心するほど律儀な犬だ」

「そうか……」

金兵衛は再び虎太の方へ顔を向けた。

「儂は虎太に、甚太を助けた犬を捜してくれと頼んだ。ところが犬は幽霊だったから消えてしまった。つまり、頼んだことは果たせなかったわけだ。しかし、その代わりに与三郎という男が現れた。今回はこれでよしとするべきだ。だから、ちゃんと礼をするよ」

「は？　いや、そんな……」

「遠慮するな。ここでは、怪談をすると飯が一食分無代になるという決まりがあるのだろう。儂が話した分はお前に譲る。それから、儂の頼みで犬を捜していた日数分も無代にする。儂がその分のお代を払うということだ。後で店主に渡しておく。これから数日は、お前はここの飯が無代で食えるってわけだ。よかったな、虎太」

「は、はあ……ありがとうございます」

だが、出てくるのはかぼちゃである。無代であろうと、銭を払おうと、それは変わらない。

――この唐茄子地獄から逃れるためには……。

信吉を見つけることである。だが、今のところまったく手掛かりがない。

ああ、やっぱり俺はせいぜい犬や猫を捜すくらいがお似合いの、その程度の男なんだな、と虎太は溜息をついた。

似たもの親子

一

　虎太は一膳飯屋「古狸」という名の地獄にいる。

　いつものように小上がりの座敷にいるのだが、横には治平が、そして正面には佐吉がいて、実に美味そうに酒を啜っている。これがまず、いただけない。二人とも機嫌がよさそうなのである。そもそも店に来た時からおかしかった。「皆さん、お待たせ」と言いながら入ったら、「待ってました」と温かく迎えられたのだ。これは、「その手の話」があるからだと考えて間違いない。できれば罵ってほしかった。

　それから、目の前にある膳に載っている料理だ。これも受け入れがたい。虎太が食いたいのは大好物の茄子なのだ。しかし目の前にあるのは、茄子は茄子でも唐茄子、つまりかぼちゃなのである。近頃はずっとそうなので前もって覚悟はできているのだが、いざ目の前にするとうんざりした気分になる。

　苦手なかぼちゃを食わされると分かっていながら、虎太が挫《くじ》けずに古狸へ足を運んでいるのは、お悌に会うためだ。しかし、その当のお悌こそが虎太にかぼちゃを食わせようとしている黒幕なのだから困ったものである。今もお悌は店の奥へと続く戸口の向こうに体を半分隠すようにして立ち、じとっとした目でこちらを見つめている。虎太がちゃんとかぼちゃを口に運ぶかどうか見張っているのだ。可愛らしいお悌の顔を眺めに来ているのに、これでは意味がない。

　このお悌の顔に、元の愛嬌に溢れた笑顔を取り戻させるのは容易である。虎太が美味そうにかぼちゃを食べるか、あるいは治平か佐吉がとびっきりおっかない怪談を語ればいいだけの話だ。つまり、どうしたって虎太にとっては地獄なのである。

「……義一郎さん、ここへは前栽《せんざい》売りがやたらと茄子を持ってくる、と確か前に言ってましたよね」

　虎太は不満げに顔をしかめながら、店主の義一郎へ声をかけた。

　前栽売りとは、茄子やかぼちゃ、瓜《うり》などを一、二種類だけ籠に入れて売り歩く野菜の行商人のことである。

　虎太がそればかり食うので、義一郎は茄子をたくさん仕入れるようになった。それを知った前栽売りたちが、古狸なら間違いなく売れると、大挙して茄子を持ってきた。そのため古狸は、誰が何を注文しても出てくるのは茄子、という店になってしまった。それが、今年の夏の話である。

　そして今は秋。まだ茄子が出回っている季節である。しかしなぜか、何を注文してもかぼちゃが出てくる店に変わっている。

「前栽売りの人たちはどうしちまったんですかい。みんなそろってあの世へでも行っちまいましたか」

「縁起でもねぇことを言うなよ。みんな達者だ。ただ、秋茄子は嫁に食わすなっていうくらい美味いからな。余所でも十分に売れる。それにほら……」

義一郎がちらりと店の奥を見た。そこには相変わらずじとっとした目でこちらを見つめているお悌の姿があった。

「……かぼちゃを仕入れたがるのがうちにいるから」

「ううむ……」

「それとな、夏に雑司《ぞうし》ヶ谷《がや》で起きていた祟りを鎮めたことがあっただろう。雑木林の中にあった、朽ち果てたお社の。庄作《しょうさく》という百姓が御神木を伐っちまって、そのせいで祟りを受けて死んでしまったやつだ」

「ああ、あれは俺じゃなくて、源六《げんろく》さんという爺さんのお蔭ですぜ」

庄作だけでなく、箪笥《たんす》など御神木を使って作られた物を売り買いした者たちにまで祟りは及んでいた。それを鎮めたのは源六という名の、下手糞《へたくそ》な木彫りの置物を作るのを道楽としていた年寄りである。御神木を無代で集め、作った置物をやはり無代で知り合いに配ったのだ。どうやら銭のやり取りをするといった欲が絡まなければ神様は怒らなかったらしい。

「虎太も十分に働いたよ。あの後、庄作の親戚の者を説得して、お社を元に戻しただろう」

「はあ」

欲がなければ平気だからと告げて、朽ちたまま放り出されていたお社を綺麗に直させたのだ。

「そうしたら、庄作の親戚の者にいいことが起こったらしいぞ。爺さんの腰の痛みが和らいだとか、鼠があまり出なくなったとか、せいぜいそれくらいのことらしいが……それでな、その親戚の者が、祟りを鎮めてくれたお礼にということで、うちにかぼちゃをたくさん持ってきてくれたんだよ。虎太に食わせてやってくれと言ってね。もちろん源六さんとかいう爺さんのところにもあげたそうだ」

「そいつはよかった……って、ちょっと待ってくれ。なんでかぼちゃなんだ。雑司ヶ谷は茄子が穫れる土地だからって義一郎さんが言うから、俺は骨を折ったのに」

「茄子もそうだが、かぼちゃも穫れるんだよ、雑司ヶ谷は。庄作の親戚の家で作っているのは、かぼちゃの方らしいな」

「ちっ、祟りが続けばよかったのに……」

「酷いことを言うやつだな。無代で食っているんだから文句を垂れるんじゃねぇ」

言われてみれば別に幽霊が出た場所へ行かなくても、近頃ではずっと古狸では無代で飯を食わせてもらっていた。庄作の親戚の者のお蔭らしい。だからと言って別に嬉しくはないが。

「まあ、かぼちゃが出てくるわけは分かりましたが……」

虎太は箸を使ってかぼちゃの煮物を小さく切った。それを口に運び、あまり味わうことなく飲み込む。それから、そっとお悌の方を覗き見た。

まだ顔に笑みは浮かんでいない。多分、食べる量が少ないからだろう。

――ううむ、かぼちゃでお悌ちゃんの機嫌を戻すのは無理だ。

そうなると、怪談を聞かねばならないわけか……と考えながら虎太はお悌から目を外し、治平と佐吉の顔を見た。

前回は恩返しに現れた犬の幽霊という、少しほのぼのとした感じの怪談だった。お悌もそれなりに楽しんで聞いたようだが、満足はしていないに違いない。今回はもっと凄《すさ》まじい幽霊が出てくるような話を望んでいるはずだ。

この娘の機嫌を直すには、それこそ虎太が心底から震え上がり、かぼちゃ嫌いを忘れて思わずがつがつと食いついてしまいそうな、とびっきり恐ろしい怪談を聞かせるしかないのだ。

嫌ではあるが、お悌の笑顔を見るためなら仕方あるまい。

「治平さん……それとも佐吉さんかな。どうせ怖い話を仕入れてきたんでしょう。それならさっさと始めてください」

虎太は覚悟を決め、居住まいを正した。頰もきりりと引き締め、嚙《か》み付きそうな顔で治平と佐吉を睨みつける。

「さあ、かかってきなさい、二人とも」

「……虎太、なかなかの気合の入れようじゃな。いつもそんな風ならこちらも話しやすいのに。しかしね、今日は儂も佐吉さんも、幽霊の話を聞き込んできたわけではないのじゃよ」

「はあ？」

虎太は気の抜けた声を出した。引き締めていた頰も緩む。かなりの力が入っていたので、かえっていつもより間抜け面《づら》になってしまった。

「だって二人とも俺のことを『待ってました』と迎えてくれたじゃないですか。それなのに」

「お前に聞かせたい話があったからじゃよ。佐吉さんが仕入れてきたのだが、なかなか面白い噂話なんだよ。しかし、残念ながらそれは怪談とは違うんじゃ」

「ということは、お悌ちゃんの機嫌も戻らない」

　虎太は再び店の奥を覗き見た。

　いつの間にか戸口のところからお悌の姿が消えていた。夜の五つくらいになった頃なので、きっと蕎麦屋の方の店を閉める手伝いに行ったのだろう。がっかりしながら治平へと目を戻す。

「肝心の幽霊話を仕入れてこないなんて……本当に役立たずなじじいだ」

「や、役立た……こら虎太、なんてことを言うんじゃ。長く生きている分、お前よりはるかに世のため人のためになってきたわ」

「はいはい、すみませんねぇ」

「まったく、お悌ちゃんがいなくなった途端にこれだ。常日頃から年寄りに対してはもっと優しく接してほしいものじゃ」

　はああ、と治平は大きく溜息をついた。虎太は、「へいへい」とぞんざいに返事をしながら目を佐吉の方へと向けた。

　にやにやしながら酒を口へと運んでいる。どうやら佐吉は、虎太と治平の会話を楽しんでいるようだ。

「佐吉さん、いったいどんな話を聞き込んできたんですかい」

「うむ。下駄の歯直しの仕事で木挽町《こびきちょう》の辺りを歩いていた時に耳にした噂なんだけどね。治平さんが言ったように幽霊が出たわけではないんだが、その代わりに、なかなか面白いものが出たらしいって話を聞いたんだよ」

「ふうむ。屁《へ》でも出ましたか」

「そんなものが出たところで、いちいち噂になってたまるか」

「いや、でも幽霊じゃないとなると、それくらいしか思いつかないし」

「お前の頭の中には、『出るもの』と言ったら幽霊と屁しかないのか。他にもあるだろうが。蛇が出たとか、鼠が出たとか……まあ、しかし今の場合は俺の言い方がまずかった。『出た』じゃなくて『入った』と言った方が正しかったよ。あるいは『入られた』かな。木挽町に曙《あけぼの》屋《や》っていう料亭があるんだが、そこに盗人が入ったらしいんだ」

「押し込みですか」

「違うよ。そんな荒っぽい賊ではない。怪我人の一人も出てはいないよ」

「なんだ……」

つまらん、と呟いて虎太は佐吉から目を外し、膳の上に載っていた猪口《ちょこ》を手に取った。一応、虎太にも酒は用意されている。ただし飲みすぎると大泣きしながら暴れるという悪癖がある男なので量は少なめだ。

「おい虎太、つまらんはないだろう。不幸中の幸いだ」

「そうなんですけどね。前に蝦蟇蛙の吉という荒い手口の盗賊と繋がりのある幽霊話に関わりましたからね」

　虎太は渋い顔をしながら酒を啜った。

「それと比べると地味な話だ」

「本当にお前は、酷いことを言うやつだな。まあ、確かにそうかもしれないが、今回は別の面白さがあるんだよ。曙屋ってのは、かなり大きな料亭でね。綺麗どころを集めて、一晩中どんちゃん騒ぎをする客もいるような店だ。そのため、夜も奉公人がうろうろしている。店の主の部屋は一番奥まったところにあり、盗まれた銭はその横にある小部屋に置かれていた。この小部屋へは主の部屋を通って入るしかない。ところが、誰一人として盗人が入ったことに気づいた者はいなかったんだ。いつの間にか銭だけが消えていた。さあ虎太、このことから何か思いつくことはないか」

「まさか……」

　蝦蟇蛙の吉について佐吉から聞いた際に話に出てきたもう一人の盗人だ。蝦蟇蛙の吉とは反対に、鮮やかな手口で颯爽《さっそう》と銭だけを攫《さら》っていくという……。

「……鎌鼬の七」

「ご名答。俺が聞いた噂ってのは、まさにその鎌鼬の七が出たらしいっていう話なんだ。そうは言っても、いつものようにその姿を見た者は誰もいない。気づくと銭が消えていたから、その手口から鎌鼬の七に違いないって言われているだけだ」

「ははあ……」

「ついこの間、お前がお喜乃さんの幽霊について調べていた時にも、その名が出てきたと言っていただろう」

「へ、へえ」

お喜乃の嫁ぎ先だった但馬屋から五両の金を盗んだのも鎌鼬の七ではないか、と虎太が話を聞いた女が言っていた。その後、鎌鼬の七らしき男はとある寺に現れ、そこの住職にお喜乃を弔ってくれと言って五両を置いていった。

「……しかし治平さんは、但馬屋に入った盗人は鎌鼬の七とは違うのではないか、と考えていましたよね」

虎太は横目で治平を見た。

「うむ、その通りだ」

治平は不機嫌そうな顔で答えた。この老人はさっき虎太から「役立たず」と言われたことをまだ根に持っているらしい。

「ただし、はっきりしたことは言えん。そもそも誰もその姿を見た者がいないのじゃからな。今回の、曙屋に入ったという盗人も同じだ。誰にも見られていない。虎太と話をした、お寺のご住職が会っているようじゃが、闇の中で人影を見ただけだし、そもそもそれが本物の鎌鼬の七かは分からん。だからね、儂はそれらの者を容易に鎌鼬の七であると断じるのはどうかと思うんじゃよ。しかし虎太、お前はお喜乃さんの幽霊と約束してしまったのだから、行方知れずになったお喜乃さんの息子の信吉を引き続き捜さなければならない。ところが、そのための手掛かりは今のところまったくない。そこへ佐吉さんが、鎌鼬の七の噂話を聞き込んできた。お喜乃さんの時にも出た名だからね。それで、お前にその話をしてもらったんだよ」

「なるほど……」

つまり、本物の鎌鼬の七かどうかは分からないが、とりあえず調べてみたらどうか、ということのようだ。

治平が言うように、信吉に関しては手詰まりになっている。それに、その件がなくても鎌鼬の七という盗人については少し興味がある。

「だけど……ううん」

虎太は首を傾げながら佐吉の顔を見た。

「佐吉さんによると、曙屋ってのは立派な料亭みたいじゃないですか。そんなところに俺みたいなのがいきなり行っても平気ですかね。そもそも俺、値の張る店で物が食えるほどの銭を持ってないし」

「俺に訊かれても分からんよ。虎太と一緒で、そんな店に入ったことがないから」

「そうですよねぇ……そうなると、ここは治平さんに行ってもらった方がいいんじゃありませんか。町内の寄合とかで、その手の店に足を運んだことがあるだろうし」

虎太は治平へと目を向けた。すると治平は、ぶるぶると大きく首を振った。

「うちの町内の集まりなんて、せいぜいそこらの蕎麦屋や鰻屋《うなぎや》の座敷で飲み食いする程度じや。そんな料亭みたいなところは、儂だって行ったことないぞ」

「なんだよ、無駄に長く生きているだけで、役立たずじゃねぇか」

「と、虎太。お前、また儂のことを役立たずと……」

よっこらせ、と言って佐吉が立ち上がった。俺は先に帰らせてもらうよ、と言って店から出ていく。近くに立って虎太たちの話を聞いていた義一郎も、すっと離れていった。

「そ、それじゃ俺も帰りますよ。お悌ちゃんも戻ってこないし」

「こら虎太。お前は待ちなさい。まだたくさんのかぼちゃが残っているじゃないか。食い物を粗末にするなど決して許されることではないぞ。それを食うまで帰ってはならん。その間に、儂がこれまでどれほど世のため人のために働いてきたか聞かせてやろう。儂は町内の荒物屋の長男として生を受け、幼少のみぎりは……」

治平が滔々《とうとう》と語り出した。子供の頃の話から始まっているので、凄まじく長くなりそうである。

――こ、この話を、かぼちゃを食い終わるまで聞かなければならないのか。

地獄だ。「針地獄」や「血の池地獄」に勝るとも劣らない、「年寄りの身の上話地獄」だ。

虎太は必死の形相で周りをきょろきょろと見回し、逃げ場を探した。やがてその目が、自分の前に置かれている膳の上で止まった。

――し、仕方がない。

虎太はかぼちゃの煮物が載った皿に箸を伸ばし、大きな塊をそのまま口へと放り込んだ。

二

虎太は木挽町にある、曙屋という料亭の前にいる。

仕事を早めに切り上げさせてもらって来ているが、それでももう夕方である。思っていたよりもみすぼらしく感じる曙屋の出入り口が夕日に照らされて赤く染まっている。

通りから見た限りでは大した店には感じられなかった。そもそも、かなり狭く見える。薬種屋と小間物屋の建物がすぐ両隣に迫っている。

本当にここが、佐吉さんの言っていた曙屋だろうか。虎太は首を捻りながら店の前を離れた。横から曙屋が覗ける場所はないか探してみる。

角を曲がって少し進むと裏店《うらだな》へ続く路地があったので、虎太は木戸口から中に入った。すると、その裏店も思ったより狭かった。奥行きがあまりなかったのである。

——ははあ、なるほど。そうなっているのか。

裏店の奥に立っている板塀に節穴があったので虎太は覗き込んだ。そして得心がいったと大きく頷いた。

穴の先は曙屋の中庭だった。手入れの施された植木や池、築山《つきやま》などがあり、その向こうに料亭の建物の障子戸が並んでいる。曙屋は通りに面している間口が狭いだけで、奥が広い造りになっていたのだ。

——確か、鎌鼬の七らしき盗人が入ったのは、店の一番奥の主人の部屋の横の小部屋だったな。

虎太はそちらの方へと目を向けた。だが、途中にある部屋が邪魔して、先の方はよく見えなかった。

——妙な造りだな。

邪魔になったのは、中庭に張り出された部分だった。料亭の建物は全体に二階建てになっているが、そこだけは一階しかない。多分、後から建て増したのだろう。その屋根の向こうに松の木が見えるから、わざわざ中庭を二つに区切るような形で新しい部屋を作ったと思われる。

松の木の少し先に、反対側の通りに建っている表店の建物の裏側が見える。だから、松の木が建っている部分はかなり狭い。

——なんか、あの木だけ可哀想だな。

そちら側は店主や奉公人が寝泊まりしているところだろうから、その松の木だけ客から見えないようにされたみたいに感じる。

——まあ、いずれにしろ造りは分かった。

虎太は節穴から目を離し、裏店の路地を引き返した。初めにいた曙屋の前まで戻る。

——さて、これからどうするか。

さすがに古狸のように「お待たせっ」と言いながら中に入るわけにはいかないだろう。そんなことをしたら猫のように首根っこを摑まれて放り出されるか、あるいは但馬屋の時のように思い切り塩を投げつけられそうだ。

それに、そもそも懐具合が怪しい。こんな料亭で飲み食いするほどの銭を持っていない。客として表から店に入るのは無理だ。

——そうなると……。

裏口に回って、顔を出した奉公人を捕まえるしかあるまい。店に盗人が入ったなんてあまり名誉なことではないから、うまく話を聞き出せるかは怪しいが、他に方法が思いつかないのだから仕方がない。もしかしたら店の主人から口止めされているかもしれないが、その場合はちょっと痛い目に遭っていただいて……。

「……おい猫太《ねこた》。てめえ、何かよからぬことを考えていやがるな」

突然、後ろから声をかけられた。

「顔がにやけているからすぐ分かるぜ」

「誰でいっ、俺のことを猫太と呼ぶやつは」

以前はかなり喧嘩《けんか》っ早《ぱや》かったが、近頃はだいぶ人間が丸くなっている。しかしそれでも、猫太と馬鹿にされるのだけは許せない。ただじゃあおかねえぞ……と思いながら虎太は勢いよく振り返った。五十手前くらいの年の、鋭い目つきをした男の姿が目に入る。

「ああ、あなたは……だんにょ」

「なんだそれは?」

「す、すみません。旦那と言うつもりだったんですが、団子と交じってしまって」

後ろに立っていたのは、定町廻《じょうまちまわ》り同心《どうしん》の千村新兵衛《ちむらしんべえ》だった。

この千村も古狸の常連である。一膳飯屋、菓子屋、蕎麦屋の三軒から成っているのが古狸という店だが、千村はもっぱら団子を食べに来る客だ。市中の見廻りの途中に寄るのだが、さすがにそれは世間体が悪いと考えるらしく、古狸に入る時は羽織《はおり》を脱ぎ、十手も外して同心とは分からないようにしている。そのためお悌や義一郎など、古狸にいる者たちは千村の正体を知らない。ただの団子好きの浪人か何かだろうと思っているようだ。千村が定町廻り同心だと知っているのは、虎太だけなのである。

「旦那、こんなところでいったい何をしているんですかい」

虎太は訊ねながら千村の様子を見た。背後に数人の配下の者を従えているし、羽織も纏《まと》っている。今は定町廻り同心としての千村新兵衛である。

「お前こそこんなところで何をしている。銭がなくて古狸で無代の飯を食っているような男は、曙屋のような料亭には用がないだろう」

「いえね、ちょっと調べものといいますか……ついこの間、例によって古狸で怪談を聞いて、その場所へと足を運んだんですが、その際に幽霊から頼まれ事をされてしまいましてね。その幽霊の子供が行方知れずになっているから捜してくれという頼みでして、それで色々と調べているうちに、とある盗人の名が出てきたんです。その後、子供捜しの方は行き詰まっているんですが、どうやらこの曙屋にもその盗人が入ったようだ、という噂を聞いたので来てみたんですよ。何かの手掛かりにならないかと思いまして」

「鎌鼬の七について調べに来たのか。俺と同じだな」

「へえ、千村の旦那もですかい。つまり鎌鼬の七が盗みに入ったのは本当だということだ」

「いや、それはまだ分からん」

千村は首を振り、険しい顔をして曙屋の戸口へと目をやった。

「奉行所に届け出はされていない。俺は噂を聞いてやってきただけだ」

「ただの噂だけでわざわざいらっしゃったのですかい。忙しいでしょうに」

近頃は古狸で千村の姿を見ていない。恐らく、前に捕まえた蝦蟇蛙の吉の取り調べで忙しいからだろうと虎太は思っていた。その上さらに、このような噂話にまで首を突っ込んでくるとは恐れ入る。

「市中に流れている噂は、どんな些細《ささい》なものでもお奉行の耳に入れることになっている。そのため、一応は調べておかなければならない」

「へえ、千村の旦那ももちろんですが、お奉行様も大変ですねぇ」

「うむ。あまりにも忙しすぎて、任期の途中で亡くなる方もたまにいるくらいだ。江戸の町奉行というのは本当に大変な仕事なんだよ。もっとも、今のお奉行はさほど熱心な方ではないというか、世渡り上手だから平気そうだが……」

千村は曙屋から目を外し、後ろを振り返った。配下の者たちに小声で何やら指示を送る。しばらくすると連中は千村の元から離れ、どこかへと散っていった。

「ここを少し行ったところに、十五年前まで明石屋《あかしや》という履物問屋があったんだよ」

千村が片手を上げ、通りの先を指差した。虎太の方を見ていない。しかし近くにはもう他に誰もいないので、恐らく自分に話しかけているのだろうと考え、虎太は「はあ」と返事をした。

「随分と昔の話ですねぇ。今はもうないんですか」

「うむ。それなりに店はうまくいっていたんだが、ある時、賊に押し入られたんだ。金を根こそぎ盗まれて、それが元で明石屋は潰れてしまった」

「それは、気の毒に」

「覆面をした数人の男たちに寝込みを襲われた店の者たちは、猿ぐつわを嚙まされた上で頭から袋を被せられた。そして縛られ、店の穴倉の中へと入れられたんだよ。男たちはずっと無言だったそうだ。手際がいいし、それに荒っぽい手口だったらしい。それでな、押し込んだのは蝦蟇蛙の吉の一味ではないかという噂が出たんだ」

「ま、まさか」

虎太は驚きの声を上げた。鎌鼬の七について調べに来たら、蝦蟇蛙の吉まで出てきた。

「あくまでも噂だ。賊は捕まらずにそのまま逃げたわけだからな。ところが、ついこの間、お前も知っているように……というかお前のお蔭もあって蝦蟇蛙の吉が捕まった。当然、取り調べる中で明石屋の話も出たんだが……そこに押し入ったのは自分たちではないと言うんだよ。蝦蟇蛙の吉も、その仲間たちも」

「それは、嘘をついているだけじゃありませんかい。少しでも罪を軽くしようとして」

「いや、どう転んでも連中は死罪を免れん。だから本当だろう。それに蝦蟇蛙の吉は、ここ数年は少しだけ丸くなって、押し込んだ先の人たちを縛り上げるだけ、ということもあったが、十五年前だとかなり荒っぽい仕事をしていた。必ず殺していたんだ。その点から考えても、嘘はついていないと思うぞ」

「蝦蟇蛙の吉ではないとするなら、いったい何者が明石屋を……」

「さあな。それより今はこっちの、鎌七《かましっ》つぁんの方だ」

「か、鎌七つぁんって……」

鎌鼬の七だから鎌七なのは分かるが、稀代の盗人が随分と可愛らしくなってしまった。

千村は再び曙屋の方へ向き直り、すたすたと戸口へと近づいていった。

「明石屋に押し入ったのが蝦蟇蛙の吉ではないように、こちらも鎌鼬の七ではあるまい。しかし噂が出たからには、一応は調べねばならん。お前もついてこい」

「俺も一緒に行ってよろしいのですか」

ありがたい話だ。渡りに船である。

「ついでだからな」

戸に手をかけながら千村は振り返り、虎太の顔を見てふふん、と笑った。それから戸を開け、中へと入っていった。

また何か千村から嫌な役目を押し付けられるのではないか、と虎太は不安になった。しかし今さら帰るわけにはいかない。勇気を出して、曙屋の戸口をくぐった。

三

曙屋の奉公人の案内で、虎太と千村新兵衛は中庭が見渡せる眺めのよい部屋へと通された。

店の主人が来るまで、そこでしばらく待たされることになった。千村は床の間を背にしてどっかりと腰を下ろし、腕組みをして目を閉じている。何やら考え事をし始めた様子だ。話しかけづらいので虎太は庭へと目をやった。

先ほどはこの庭を、板塀の節穴を通して向こう側から覗いた。今いる部屋はちょうどその穴の正面の辺りである。多分、店で一番いい部屋だと思われた。

目を横に向ける。やはり妙な造りだと感じた。後から建て増したと思われる部分で、中庭が二つに分かれてしまっている。虎太の前にある庭はその広い方だ。たくさんの植木があり、小さいながらも池と築山まである。しかし狭い方には、せいぜい松の木が一本生えているだけのようだ。先端が屋根の上から覗いている。

――あの松を隠すためにわざわざ庭を仕切ったのかな。

ここからは見えないが、根元の方は不格好なのかもしれない。それで客から見えないようにした。多分、そんなところだろう。

虎太は松の枝を見るのをやめ、部屋の方を振り返った。いつの間にか千村新兵衛が目を開けて、虎太の様子を見ていた。

「……虎太、あの松が気になるらしいな」

「はあ……いや、どうしてこんな造りにしたのかな、と不思議に思っただけで、別に松だけがどうということはありませんぜ」

「そうかな。そのわりには他の場所にはあまり目がいかず、松ばかり見ていたようだ。もし気に入ったのなら、あの木がしっかり見える部屋に替えてもらおうか。何なら店の者に頼み込んで、お前を一晩その部屋に泊まらせてやってもいい。お代なら俺が持ってやるから」

虎太は大きく首を振った。中庭の狭い方は、あの松の木だけを囲い込んでいるように見える。眺めはよくないだろう。こちら側に立派な庭があるのに、なぜわざわざそんな部屋に泊まらなければならないのか。ただの嫌がらせだ。

「そもそもあの松がある方は、店の者たちが寝泊まりしている部屋だと思いますよ。お客は通していないでしょう。それにいきなり泊まれと言われても俺は無理です。うちに猫がいますから。ええと、忠の他にもう一匹、猫三十郎という黒猫が増えたことは千村の旦那に言いましたっけ」

「聞いていないが知っている」

「さすがは町方のお役人様だ。話が早い。そいつらの世話をしなければならないから、俺は余所に泊まることはしません」

「ううむ」

千村は眉根を寄せて虎太の顔や体をじろじろと眺め回し、それから「ふん」と鼻で笑うような声を出した。

「なあ虎太。前々から思っていたんだが……実はお前の方が猫に飼われているんじゃないのか」

「な、何をおっしゃいます」

「暮らしが猫に縛られてるってことだよ。何かする時は、まず猫をどうするかを考えるようになっているだろう」

「それは、まだ子猫だから仕方がないことでしょう。それにこれでも、猫三十郎が来たことでかなり楽になったんですよ。二匹で遊ぶようになりましたから。大人の猫になれば、きっともっと手がかからなくなるはずだ」

そうなれば二、三日部屋を空けても平気になるだろう。猫たちは長屋を勝手にうろついて、他の住人に餌をねだったり、鼠を捕ったり、遊んだりするに違いない。

「ああ、でも、一つまずいことがあるんですよね……」

「なんだ？」

「二匹目を飼ったら、何となく三匹目も欲しくなってしまって……」

「お前、やはり猫に飼われているぞ……というか、猫一族の陰謀に嵌まっているぞ」

千村は呆れたように言い、それから、はあ、と溜息をついた。

「猫を飼っていると、あちこちでがりがりと爪を研《と》いだりして、部屋が荒れるだろう。よく大家から文句が出ないな」

「元々が汚い長屋ですからね。それにうちの大家さんは、どこかの大店《おおだな》の隠居らしいんですよ。懐に余裕があるから少々のことに目くじらを立てない。店賃《たなちん》を滞らせてもあまり文句を言われません。早く一人前になって稼げるようになれよ、と励まされることの方が多い。聞くところによると、大家さんは長屋を綺麗に建て替えるくらいの金はいくらでも持っているそうなんです。でもそうすると、それなりの店賃を取らなければならない。だから、俺みたいな貧乏な若者のためにわざと汚いままにして店賃を安くしているという話です」

「ほほう。もし本当なら奇特な大家だ」

「まったくです。お蔭で俺も、安心して猫たちに部屋を荒らさせることができる」

「……大家は立派だが、店子《たなこ》は屑《くず》だな」

せめて少しでも綺麗に使おうという考えは持たないのか……と千村は呟き、また大きく溜息をつく。それから急に表情を引き締め、居住まいを正した。

どうしたのだろう、と虎太が思っていると、廊下の方からかすかな足音が聞こえてきた。店主がやってきたようである。千村はその気配にいち早く気づいたのだ。

俺は目には自信があるが、耳は旦那の方がよさそうだな、と感心しながら、虎太も部屋の隅に腰を下ろした。

案の定、足音は虎太たちのいる部屋の襖の向こう側で止まった。「失礼いたします」と声がかかり、襖が静かに開けられる。

五十過ぎの男と、まだ二十代半ばくらいと思われる若い男の二人が廊下に座っていた。

「こ、ここの主の、喜十郎《きじゅうろう》でございます」

年嵩《としかさ》の男が千村に向かって深々と頭を下げた。それから脇にいる男の方へ目をやった。

「これは、私の倅の、政《まさ》之《の》助《すけ》でございます」

若者も深々と頭を下げる。

ふうむ、と小さく唸りながら虎太は曙屋の主人と、跡取りと思われる若い男の顔を眺めた。

主人の喜十郎は悪くない顔立ちだが、惜しいことに少々目が離れている。そのせいでどことなく魚に似ているような気がした。旬の時期でもあることだし、こいつのことは密《ひそ》かに「秋刀魚《さんま》男《おとこ》」と呼ぼう、と虎太は決めた。

政之助の方は、悔しいことに虎太から見ても結構な男前だった。今は定町廻り同心の前に出ているので顔を引き締めているせいか、ますます格好よく見える。

虎太だって、きりりとした顔を作ればかなりの男前である……と自分では思っている。ただ、日頃は緩んでいるので間抜け面に見えるだけだ。しかしこの政之助は、表情を緩めても虎太と違ってそれなりに見られる顔になりそうな気がする。優男風の色男といったところか。

男前、優男、色男……どれにするかな、と頭を捻った挙げ句、虎太は政之助のことを「女たらし」と呼ぶことに決めた。実際にそうであるかは分からないが、心の中でこっそり呼ぶだけだから構うまい。

喜十郎と政之助が部屋に入ってきた。千村の前に畏《かしこ》まって座り、二人そろってまた深々と頭を下げる。

「ほ、本日は、どのような御用でいらっしゃったのでございましょうか」

喜十郎が顔を上げ、千村に向かって言葉をかけた。かなり緊張している様子だ。額に汗が浮いているし、声もどことなく上ずっているように思える。相手は仕事を怠けて団子を食うような旦那なんだから、もっと気楽にしていいのに、と虎太はおかしく感じながら喜十郎を眺めた。

「うむ。ちょっと小耳に挟んだんだがな。何でもこの曙屋に、かの鎌鼬の七が盗みに入ったという噂があるらしい。それで念のために話を聞きに来たのだ」

「は、はい……いえ、その、奥の部屋に置いてあった金がなくなっていたので、私が店の者に確かめたのは事実でございます。それで妙な噂が立ってしまったのだと思いますが……しかし、盗人に入られたのではなく、私の勘違いだったようでございます」

「どういうことだ？」

「金は私がいつも寝ている一番奥の部屋の横にある小部屋に置かれた簞笥に入れられていました。金を置く部屋なので盗まれないように気をつけようと、外から入れないように窓に板を打ち付けて開かないようにしてあります。ですから、そこに入るには私の部屋を通るしかありません。さらに、その出入り口にも錠前をつけております。元は襖だったのですが、板戸に替えまして」

　随分と慎重な男だ。さすが大きな料亭の主である。これくらいしないと小金も貯まらないのだろうな、と虎太は感心した。自分は駄目だ。稼いだ銭は適当な箱に入れてしまっているし、その箱も今や子猫の寝床になっている。銭は子猫の腹の下だ。

「……錠前の鍵は私の部屋にある手文庫の中に入れております。小部屋の簞笥の引き出しも鍵が掛かるのですが、こちらは身内の者しか入らない仏間の、仏壇の位牌《いはい》の裏に隠してあります。ですから、盗まれるはずがないのでございます。それなのに箪笥の中にあったはずの金がいつの間にか減っていた。しかし盗人が入ったという様子は一切ありません。そうなると、これは私の勘違いと考えた方が正しいのではないかと思い至りまして。つまり、別のことに使っていたのを忘れていた、ということです。よく覚えてはいないのですが、このところ何かと物入りだったもので、私が自分で使ってしまっていたものと思います」

「それで、特に届けずにいたというわけか」

「はい」

「ううむ……」

千村は唸り声を上げながら庭へと顔を向けた。そして「手入れが行き届いているな」と庭を褒めてから、目だけを喜十郎の方へ動かした。軽く睨みつけながら言う。

「ところで主、茶の一杯も出してくれるとありがたいんだがな。喉が渇いた」

「こ、これは気が回りませんで」

喜十郎が弾《はじ》かれたように腰を浮かせた。

「た、大変申しわけありません。すぐに店の者に言いつけて……」

「いや、これだけ立派な料亭を持っている主が自らの手で淹《い》れた茶が飲みたい」

「わ、私が淹れた茶でございますか」

「うむ。それと、団子だ」

「だ、団子……うちは、あいにく団子は出しておりませんが」

「それなら買ってくれればいい。主が自ら買ってきた団子が食いたい」

「は、はあ……そ、それでは」

戸惑ったような顔をしながら喜十郎は立ち上がり、急ぎ足で部屋を出ていった。すぐに「おい、団子はどこに売っている？」と店の者に訊いている声が聞こえてきた。

妙なことを言いつけるものだな、と虎太は呆れながら千村を見た。そんなに団子が好きなのだろうか。

「今のは人払いだよ。店主がいると都合が悪そうなんでな」

別に団子が食いたいわけじゃないぞ、と虎太に念を押してから、千村は部屋に残された政之助へと目を向けた。

「お前も何か言いたいことがありそうな気がしたのだ。父親がいると言いづらいのではないかと思って出ていってもらったんだが」

「お気づきになりましたか」

「ま、役目柄そういう勘は働くんだよ」

だから団子を食いたいわけじゃないんだぞ、とまた千村は虎太に告げた。しつこいので、きっと本当に団子が食いたかったんだろうな、と虎太は心の中で思った。

「……で、政之助。いったい何が言いたいんだ？」

「父はああ言っておりましたが、実は金を盗んだのは鎌鼬の七なのです」

「ほう」

「金が減っていることに気づいた時、父は私を箪笥のある小部屋に呼んだのです。その時に見たのですが、箪笥の中には消えた金の代わりに『七』と書かれた紙が入っていたのです」

「その紙はどうした？」

「父が燃やしてしまいました。その後、金は気づかないうちに自分で使ってしまったことにするから何も言うな、と口止めされました。奉行所に届け出ると何度も呼び出されたり、岡っ引きが店に出入りしたりして何かと面倒になるので、それを避けたのでしょう。しかし、奉公人たちの間で鎌鼬の七に入られたらしいと噂になってしまい、それが千村様のお耳に入ったのだろうと思います」

「なるほど。そうなると……」

千村が言いかけた時、店の裏の方で「おい、湯は沸いているか」という喜十郎の声が聞こえてきた。

「ありゃ、随分と早く帰ってきたな」

「すぐ近くに、ついこの間できたばかりの菓子屋があるのです。多分、そこで買ってきたのでしょう」

「そうか。仕方ないな。今お前が喋ったことは、父親には内緒にしておいてやるから。この後はずっと黙っていていいぞ」

足音が近づいてきた。声がかけられた後、ゆっくりと襖が開く。盆を持った喜十郎が現れた。部屋に入り、茶と団子を千村に勧める。

「お口に合いますかどうか」

「気にするな。団子は余所で買ってきた物だし、茶など誰が淹れても同じだ」

「は、はあ……」

喜十郎は目を丸くした。そうするように言いつけたのは千村なのだから無理もない。

「それより主、金がなくなったのは勘違いということだが、鎌鼬の七が入ったという噂があるからには、こちらも念のために調べさせてもらわねばならん。ま、あくまでも形だけだ。ついては一晩、俺の配下の者をこの曙屋に泊まらせたい。別に何かをするわけじゃないから安心してくれ。部屋で寝るだけだ。それで何もなかったとお奉行のお耳に入れれば、この件は終わりだ」

「左様でございますか。商売柄、お泊まりになるお客様もいらっしゃいますので一向に構いません」

「そうか。それではこいつを置いていくから」

千村は虎太を示すように顎をしゃくった。

「えっ、お、俺ですかい。ちょっと待ってくださいよ、旦那。俺は無理ですよ。さっきも言ったように、猫が……」

「こいつは年こそまだ若いが、なかなかの切れ者なんだ」

虎太の言うことなど一向に気にせず、千村は喜十郎に喋り続ける。

「猫飼われの虎という異名を持つ男でね」

「はあ。猫代わりの虎、でございますか」

「いや、猫飼われ。猫に飼われている虎、だ。もしかしたら夜中に『ひぃ』とか『ぎゃあ』とか妙な声を立てるかもしれんが、猫が鳴いていると思って気にせんでくれ。それから、こいつが泊まる部屋は、あの木が見えるところがいい」

千村は庭を指差した。狭い中庭の方に生えている松の木を指し示していた。

「あ、あの木が見える部屋でございますか。申しわけありませんが、それはちょっと」

喜十郎は難色を示すように顔をしかめながら首を振った。

「あちらにあるのは、お客様をお通ししていない部屋なのでございます」

「女中か何かが使っているのか」

「いえ、空き部屋でございますが……」

「なら構うまい。その部屋にしろ」

有無を言わさぬ強い口調で喜十郎に告げると、千村はすっと立ち上がった。

「あ、旦那。まさか帰るつもりじゃ。俺は無理ですよ。猫が、猫がぁ」

手を伸ばして引き留めようとする虎太を振り返りもせず、千村はあっという間に部屋を出ていった。

見送りに出るために喜十郎と政之助も姿を消し、部屋には虎太だけが残された。伸ばしていた手をぱたり、と下に落とし、虎太は力なく首を振った。

喜十郎が持ってきた盆が目に入った。茶の入った湯呑《ゆの》みは空だし、団子も串だけになっている。虎太はまったく気づかなかったが、わずかの間に千村はしっかりと飲み食いしていったらしい。さすがだ、と虎太は感心した。

四

すでに夜の九つを過ぎている。

曙屋にはどうやら朝まで飲もうという客も他の部屋にいるようで、話し声が漏れ伝わってくる。しかし虎太のいる松の木が見える部屋は、それらの客を通しているところからは建て増しされた建物で隔てられているので、その声もかすかにしか聞こえてこない。思っていたより静かだ。

——寝過ごすとまずいから、一晩中起きていようかな。

部屋には曙屋の者が用意した布団が敷かれている。そちらへ目を向けながら虎太はそう思った。朝一番に義一郎が子猫たちの餌を届けに虎太の長屋へやってくる。その前までに帰らなければならない。部屋に忠と猫三十郎を残したままで虎太が余所に泊まったことを義一郎が知ったら、どやされるくらいでは済まないからだ。

——熊みたいな顔をしているくせに猫好きだから気味悪いよな、あの人は。

もちろん、虎太自身も二匹の子猫のことは心配だ。だから念のためにいったん自分の長屋に帰り、隣の部屋の住人に子猫たちのことを頼んでから曙屋に引き返してきている。

——千村の旦那から命じられたことじゃなければ、古狸に預けるのに。

古狸の者たちには千村新兵衛が同心であることが内緒になっている。そのため今回のように不便に感じることも多い。どうして虎太が余所に泊まることになったか説明できないからだ。

——とにかく今夜は夜通し起きていて、朝になったら急いで帰るとしよう。

虎太は布団から目を離し、閉じてある障子戸の方を見た。その向こうは狭い中庭だ。曙屋の元からあった建物と、後から建て増しされた部分、そして隣の裏店との境の板塀によって囲まれた、四畳半くらいの広さの土地に松の木が一本だけ生えている。

この部屋に通された時に虎太は確かめたが、松の木は特に見てくれが悪いということはなかった。そのため、なぜわざわざ隠すように周りを囲ったのか不思議に思った。

——そう言えば、千村の旦那が気になることを言っていたな。

虎太は顔をしかめた。夜中に虎太が「ひぃ」とか「ぎゃあ」とか声を立てても猫が鳴いていると思って気にするな、と喜十郎に告げていたことだ。

思い返すと、千村はこの曙屋に入った時から、この松の木の見える部屋に虎太を泊まらせようとしていた節がある。

虎太は部屋を見回しながらぶるぶると身震いした。あの千村のことだ。虎太には喋っていない事柄を知っているのかもしれない。そして、ここに虎太が泊まると「何か」を見るのではないかと考えて、そのように話を持っていったのではないだろうか。

——逃げた方がいいかな。

馬鹿正直に曙屋に泊まることはない。ばれないように抜け出し、朝までやっている飲み屋を探して夜明け頃まで居座り、それからこっそり戻ってくればいいではないか。千村には、何も出ませんでしたよ、ととぼければ済む話だ。

前もって調べてあるので、松の木のある狭い中庭から表に出られることを虎太は知っていた。板塀と建物との隙間を通って進んでいくと、裏道へ抜けられる小さな木戸があるのだ。

そして履物もある。中庭に下りられるように、障子戸の下に下駄が置かれていた。そいつを履いて外へ出ればいい。

よし逃げよう、と虎太は決めた。

店の者に寝たと思わせるために行灯《あんどん》を消す。部屋が真っ暗になった。

慌てずに、しばらくの間そのまま動かずにいる。すると、ぼんやりと障子戸が浮かび上がるように見えてきた。虎太は夜目がやたらと利くし、闇に目が慣れるのも早いのだ。

もう十分だろうというくらいまで見えたところで、障子戸に近づいた。指をかけ、すっと開く。

「にゃぁ」

まさに猫、というような声を虎太は上げてしまった。目の前に生えている松の木の根元に、男が立っていたのだ。

年は六十過ぎくらい。頭はつるつるだが、眉毛は太くて立派だ。丸顔で、笑えば優しい感じになりそうだが、今は表情がなく、ただぼんやりと虚《うつ》ろな目を宙に漂わせている。

幽霊だ、と一目見て虎太は分かった。生気というものが感じられないし、なにより男は体がうっすらと透けていた。明らかにこの世の者ではない。

虎太は男をじっと見つめたまま、少しずつ後ずさりした。今は動いていないが、ちょっと余所を見た隙に近づいてきたりしたら怖いからだ。男から目を離せない。

やがて虎太の背が部屋の壁にぶつかり、それ以上は後ろに下がれなくなった。

ここからは横に動くしかない。障子戸をさほど開けていないので、すぐに男の姿がその陰に隠れることになる。見えなくなったら自分の動きを速め、一気に部屋から飛び出そう、と虎太は考えていた。

ところが、それはできなかった。横に動こうとした途端、虚ろだった男の目に力が籠もったのだ。明らかに虎太の姿を目で捉えたのである。

――ふぇ？

虎太は動きを止め、男の様子をまじまじと見た。目はどこを見るともなく宙を漂っている。

気のせいか、と考え、再び足を横へと伸ばす。その途端、男と目が合ったような気がして動きを止める。

男を注視する。やはり目に力はない。虚ろである。

――おいおい、どうすりゃいいんだよ。

虎太の背中に冷たい汗が流れた。

五

「……逃げようとすると男がこっちを見るんです。それで動きを止めると、男の目はどこも見ていない。そんな感じで一晩中男とにらめっこしちまいましたよ」

夜明けとともに曙屋に現れた千村新兵衛に向かって、碌なもんじゃなかったと虎太は文句を言った。結局その男の幽霊が消えたのは、千村がやってくるほんの少し前だったのだ。朝の白い光の中に溶けるようにして見えなくなったのである。

「ありゃいったい何者なんですかい。旦那には分かっているんじゃありませんかい」

すでに虎太と千村は曙屋から離れている。義一郎が猫の餌を持ってくる前に部屋へ帰らなければならないので、久松町にある虎太の長屋へと急いで向かっている途中だ。

「六十過ぎの、丸顔で薬缶《やかん》頭の男。眉毛だけは太い。うむ、ほぼ間違いなく、それは明石屋の主だよ。長兵衛《ちょうべえ》という名だ」

「ああ、明石屋の……って何者ですかい。俺は知りませんぜ」

「お前、もう忘れたのか。昨日話してやったじゃねぇか。曙屋に入る前に」

「言われてみれば、何となく聞いた覚えがあるような……」

歩きながら虎太は頭を捻った。

明石屋とは確か、十五年前に蝦蟇蛙の吉に押し入られた店の名だ。いや、当の蝦蟇蛙の吉は自分ではないと言っていたのか。とにかく、賊に店の金を根こそぎ盗まれたのが元で潰れてしまった履物問屋だ。長兵衛というのはそこの主だった男らしい。

「思い出しました。しかし、その人の幽霊がどうして曙屋の庭に出てくるんですかい」

「賊には縛られるだけで済んだが、結局そのすぐ後に長兵衛さんは死んでしまったんだよ。明石屋が潰れた後、倅夫婦と孫は親戚の家に身を寄せたんだが、長兵衛さんだけは今さら余所の家に世話になるのは嫌だと言って、安い裏店を借りて独り暮らしをしていたんだ。しかし、やはり自分の店がなくなってがっくりきたのだろう。それに可愛がっていた孫……お鈴《すず》ちゃんという五つの女の子だったそうだが、その子と離れた寂しさもあってか、しばらくして長兵衛さんは、自ら首を括って死んでしまったんだ」

「ふえぇ、そいつは気の毒だ」

「うむ、俺もそう思う……それはそうとして、ここで一つ妙なことがある。実は長兵衛さん、なぜか曙屋の、あの松の木で首を吊ったんだよ。わざわざ庭に入り込んだんだ。どうしてだろうな」

「それは……」

虎太はまた頭を捻った。

「……枝ぶりがよかったんじゃありませんかい。ああ、首を吊るのにもってこいの松だな、と思って庭に入り込んだ」

「もっと真面目に考えろ。年なのに独り暮らしを選んだことから考えて、長兵衛さんは他人の迷惑になることを避ける男だと思う。それなのに曙屋で首を吊った。これには何かわけがあるはずだ」

「そうですかねぇ。俺は枝ぶりのよさだと思うなぁ……千村の旦那はどう考えているんですかい」

「明石屋に押し入ったのは、曙屋の者なんじゃないかと思っている。喜十郎と、古参の奉公人たちだ」

「いやいや、いくらなんでもそれはないでしょう。曙屋と明石屋はわりと近い。多分、店主同士も顔見知りだったでしょうから、押し入ったら……」

言いかけて虎太は言葉を止めた。昨日の千村の話を思い出したのだ。確か、賊は覆面をしていたと言っていた。それに、寝込みを襲われた明石屋の者は、猿ぐつわを噛まされた上に、頭に袋を被せられたそうだ。随分と念入りなことである。しかも賊はずっと無言だったという。もしかしたら、顔見知りだったからこそ正体がばれないようにそこまで慎重だったのではないだろうか。

「……配下の者に色々と調べさせたんだよ。近所の者によると、その頃の曙屋は今と違ってあまり商売がうまくいっていなかったらしい。閑古鳥が鳴くような店だったようだ。そこからうまく持ち直したものだと近所の者は感心していたそうだ」

実は明石屋から盗んだ金を使って商売を立て直した、ということだろうか。

「それと、蝦蟇蛙の吉の仕業ではないかと初めに言い出したのは喜十郎みたいだな。近所の者たちの話を辿っていくと、そこへ行き着く」

「あ、あの秋刀魚男、太《ふて》ぇ野郎だ。旦那、そこまで分かっているのにどうして捕まえないんですかい。お白洲へ引っ張り出して、三枚に下ろしちまってくださいよ」

「奉行所は料理屋じゃねぇぞ。そもそも十五年も前のことだし、証拠というものが何一つない。曙屋で首を吊ったことから、長兵衛は喜十郎の仕業ではないかと感づいていたようだが、そいつも死んでしまったわけだからな。話を聞くことはできない。まあ、喜十郎を捕まえるのは無理だな」

「それなら、そのまま放っておくってことですかい」

「うむ。死んだ長兵衛さんもそれでいいと言うんじゃないかな。ああやって毎晩出ることが、長兵衛さんなりの仕返しなのだろう」

「ううむ、そうかもしれませんが……」

もし曙屋に幽霊が出るという噂が立っていたら、治平なり佐吉なりが聞き込んでくるだろう。だから、そこを訪れる客には長兵衛の姿は見えていない。しかし、恐らく喜十郎の目には映っているはずだ。わざわざ中庭を二つに仕切り、あの松の木を囲むようにしてしまったのはそのためだろう。

「それから今回の、箪笥の中の金が盗まれた件もある。あれは、まず間違いなく倅の政之助の仕業だぞ。鍵の在《あ》り処《か》などは身内である政之助なら知っていただろうしな」

「あ、あの女たらしが……」

「お前……身も蓋もないあだ名を付けたな」

「本当のところはどうか分かりませんがね。色男だからそうに違いないと思いまして」

「恐ろしいことにお前の勘は当たっている。ただし、たらし込まれているのは政之助の方だけどな。これも配下の者たちを使って調べたことなんだが、政之助のやつ、性質《たち》の悪い女に捕まっているらしい。親の喜十郎は知らないみたいだが、随分と貢いでいるようだ。それで手持ちの金では足りなくなって、親の簞笥からこっそりいただいたんだよ。『七』と書いた紙を入れたのは政之助だろう。あの親子、顔こそ似ていないが、中身はそっくりだ」

「まったくですねぇ」

十五年前、父親の喜十郎は明石屋に押し入り、それを蝦蟇蛙の吉のせいにした。そして十五年後、倅の政之助は父親の金を盗み、それを鎌鼬の七の仕業にしようとしている。

「政之助の野郎、ざまあみろだ。千村の旦那、こっちの件はぜひとも放っておいてください。その性質の悪い女に、曙屋の金を吐き出させましょうよ」

「うむ、俺もそのつもりだ。十五年前の明石屋の件の始末にもなるからな」

「はあ……どういうことですかい」

「政之助をたらし込んだ性質の悪い女……お鈴っていう名なんだ」

「お、お鈴……って誰ですかい」

「お前は鶏か。ついさっき話したばかりじゃねぇか。明石屋の長兵衛さんの孫娘だよ」

まったく忘れっぽい野郎だな、と呆れたように呟いて、千村新兵衛は立ち止まった。二人はもう虎太の住む長屋のすぐ近くまで来ていた。

「そういうわけで、曙屋の件はこのままにしておいた方が面白そうだから放っておく。俺はここで別れるぞ。仕事があるし、それに一緒にいるところを義一郎に見られたくないのでな」

千村はくるりと背を向けて、すたすたと歩み去っていった。しかし虎太がその背中を見送っていると、なぜか千村は途中で振り返り、急ぎ足で戻ってきた。

「どうかしましたかい」

「言い忘れていたことがあった。お前は鎌鼬の七が現れたという噂を聞いて、曙屋を訪れたのだろう。行方知れずになった子供を捜す手掛かりにならないかと考えてのことだったな。そうだとするなら、鎌鼬の七に振り回されない方がいい。そいつは二十年前に盗人稼業から足を洗ったんだ。その後にもぽつぽつと名が出ることがあるが、それは間違いなく偽者か、盗まれたと思っただけの勘違いか、あるいは今回のような狂言なんだよ。悪いことは言わない、鎌鼬の七には関わるな」

「は、はあ……」

「それじゃ、確かに伝えたからな。関わるんじゃないぞ」

千村はまたくるりと虎太に背を向け、今度は本当に歩み去っていった。

遠くへと消えていく千村の背中を見送りながら、虎太は思い悩んでいた。

あの千村が、わざわざ戻ってきてまで忠告してきたのだ。これ以上、鎌鼬の七には関わらない方がいいのかもしれない。

しかし一方で、あの人のことだから反対の意味もありそうだ、とも思っていた。つまり、わざと鎌鼬の七に興味を持たせるようなことを言って虎太を動かそうとしているのではないか、ということだ。

いずれにしろ、鎌鼬の七を追っていくと何か危ない目に遭いそうな気がする。避けた方がいいのは確かだ。

――だけど、こういう時に限って、向こうから関わってきちまうんだよな。

俺は運が悪いから、と虎太は心の中で嘆いた。

幽霊屋敷　出たのは何か

一

「皆さんお待たせ、虎太がやって……きました……ぜ」

一膳飯屋「古狸」の戸を開けた虎太は、様子を窺うように目を左右に配りつつ耳を澄ました。

少し間があってから「誰も待ってねぇぞ」「おととい来やがれ」「馬鹿」「阿呆」「間抜け」「死んじまえ」「すっとこどっこい」「野暮天野郎」などという声が飛んできた。

悪口の数が増えているが、とりあえずそれはいいとしよう。それよりも妙な間が気になった。はたしてすんなりと足を踏み入れていいものか。それとも幽霊話を聞かされるものと考えて、いったん心を落ち着かせてから中に入るべきか。

虎太は店の中にいる客たちの顔ぶれを確かめた。たいていは何度か古狸で顔を合わせている者たちばかりだ。口裏を合わせるのは容易である。虎太が気持ちよく店に入れるように罵ったのだとしても不思議はない。

首を巡らせて、小上がりの座敷の隅の、いつも虎太が陣取っている辺りを見る。治平がわざとらしく目を逸《そ》らし、隣に座っている男に話しかけた。怪しい。

次に治平と喋っている、その男へと目を向けた。年は三十くらい。古狸の常連ではないが、会ったことがあるような気がする。

そこにはもう一人、別の男も座っていた。黙って治平たちの話に耳を傾けている。初めは佐吉かな、と思ったが、よく見ると違う男だった。どうやら今日は、佐吉は来ていないようだ。

こちらの男の年は、三十五、六といったところだろう。物覚えが悪いので自信はないが、初めて会う男だと思われた。

虎太は再び、治平と喋っている男に目を向けた。確かに会っている。しかも古狸の中ではなく、別の場所で顔を合わせているはずだ。

どこだったろう、と頭を捻ると、案外すんなりとその男の正体が浮かんできた。

「ああ、思い出した。ほら、あの時の……」

声を上げながら古狸の中に入り、ずんずんと男たちの方へ向かう。そのままの勢いで小上がりの座敷へと進み、男の正面に腰を下ろした。

「あなた、ほら、あの時の……犬男」

「こ、こら虎太。顔を合わせるなり犬男って、お前……」

治平が窘《たしな》めるような口調で言い、顔をしかめた。

「いや、名を聞いた覚えはあるし、何度か口にもしているんだが、思い出せなくて。分かってはいるんですよ。ほら、あの、犬の恩返しの時の」

植木屋の金兵衛という老人が二十年前に染井村の辺りを歩いていると、遠くから犬の鳴き声が聞こえてきた。それで行ってみると、大きな穴に犬と子供が落ちていたという。この男は、その時の子供だ。

「それでついこの間、金兵衛さんに頼まれて俺がぶわ太郎を捜していると……」

「ちょっと待て。また妙な名が出てきたね。何だねその、ぶわ太郎というやつは」

「だから、犬ですよ、犬。恩返しのために幽霊となって出てきた犬だ。金兵衛さんのお孫さんが何者かに拐かされそうになった時、水の中からぶわっと現れた。だから、ぶわ太郎だ」

その時はまだ幽霊かどうか分からなかったので、金兵衛に頼まれた虎太はぶわ太郎を捜して江戸の町々を歩き回った。ようやくぶわ太郎らしき犬を見かけたので追いかけると、とある長屋へと行き着いた。そこで出会ったのが目の前にいる男、というわけだ。

「……あなたは長屋の建物の縁の下を覗いていた。そこには腹の大きな雌犬がいて、その様子を見ていたんだ。で、色々と話を聞くうちに、あの時に穴に落ちた子供だと分かった。そこまでは覚えているんですよ。でも、名前が出てこない」

「……与三郎だよ」

男が呆れたような声で言った。

「そうだ、与三郎さんだ。その後、仕事の方はどうですかい」

与三郎が経師屋で、仕事の方がうまくいっていないとこぼしていたことも思い出した。金兵衛には黙っていてくれと頼まれたが、虎太は伝えてしまった。すると金兵衛は知り合いの、どこかの大店の隠居を与三郎に引き合わせた。与三郎はその隠居から、店や寮の襖の張り替えの仕事を貰った……というところまでは耳にしている。

「うまくいってるよ。仕事をくれた弥左衛門さん……金兵衛さんの知り合いのご隠居のことだが、自分のところだけでなく、暖簾《のれん》分《わ》けした店にも声をかけてくださってね。そっちの襖の張り替えも請け負ったんだ。お蔭で忙しくさせてもらっているよ」

「そいつはよかった」

虎太は笑みを浮かべて大きく頷いた。これもまた、ぶわ太郎の恩返しだ。幽霊じゃなかったら褒めまくって、いくらでも餌をやるのに、と虎太は残念に思った。本当にたらふく食わせてやりたい。恐らくこの後で運ばれてくるであろう、俺の分のかぼちゃを。

「……ところで、こちらさんは？」

虎太は、もう一人いる男の方へ目を向けた。近くでまじまじと見ても、頭に引っかかることはない。間違いなく初めて会う男である。

「ああ、こちらはね、市次郎《いちじろう》さんという人だよ」

与三郎が紹介すると、市次郎は無言で軽く頭を下げた。

「さっき言ったように、弥左衛門さんからたくさんの仕事を貰っただろう。人手が足りなくなってしまってね。それで、かつて修業していた親方の店に顔を出してみたんだよ。誰か借りられないかと思って。そうしたら、この市次郎さんを引き合わされたんだ。いわゆる渡り職人ってやつでね。元は江戸の人なんだが、つい先月まで上方で仕事をしていた。江戸に戻ったのは十年ぶりだそうだよ」

「へえ、それくらい経つと江戸の町も少しは変わっているでしょう。昔行ったことのある店がなくなっていたりして。ああ、そうか。分かったぞ。それでお二人は今日、古狸に来たんですね。多分、金兵衛さんに訊いたのでしょう。安くて美味い飯を食わせる店はないかと」

治平が小さく「ふっ」と笑ったような気がした。いや、治平だけじゃない。店の中にいる常連客たちみんなが一斉に「ふっ」と息を吐き出した気配を感じた。

「ちょ、ちょっと皆さん、どうしたんですかい。俺、何かおかしなこと言いましたか」

虎太はきょろきょろと周りを見回した。なぜか誰も虎太と目を合わせようとしない。みんながみんな、虎太から顔を背けている。

戸惑っていると、「おかしいことは何もないよ」と与三郎が首を振った。

「この店のことを教えてくれたのは確かに金兵衛さんだ。安くて美味い飯を出す店だと言っていた。ただし必ずしも注文通りの品が出てくるとは限らないのが困ると嘆いていたけど」

「そ、その通りです。それこそまさにこの古狸だ」

「それから、この古狸には面白い決まりがある、とも言っていた」

「へ？」

「何でも、幽霊が出たとか狸や狐に化かされたとかいう話をすると飯が無代になるとか。それだけじゃなく、その出来事が起こった場所へ実際に行って泊まり込むと、やはり飯が無代で食える。金兵衛さんによると、泊まりに行くのはもっぱら虎太さんで、幽霊とかその手のことが大好きだから他の人にその役目を譲らないのだという。だから今日、俺は市次郎さんを連れて……」

「ちょ、ちょっと待ってください」

虎太は慌てて与三郎を止めた。途中から話がとてつもなく間違った方へとねじ曲がっている。

「俺は、怖い話なんか大嫌いですよ。そんなもの、聞きたくもありません。そのことは金兵衛さんも知っているはずなのに……」

「あれ、それなら大好きだというのは間違って覚えていたのかな。褒めていたのは確かなんだけど。ええと……得意だ、とか、向いている、みたいな言い方をしていたかもしれない」

「ううむ」

嬉しくない褒められ方だ。どういうわけか幽霊に遭ってしまう、という嫌な才能があるのは自分でも認めざるを得ないが、得意だとか向いているとかいうのは意味が分からない。

「とにかく、虎太さんに話を聞かせてやろうと思って市次郎さんを連れてきたんだ。変わった出来事に遭ったことがあるって聞いたからね。迷惑だったかな」

はい迷惑です、と虎太は言おうとしたが、その前に邪魔が入った。店に入ってきた虎太の顔を見ると同時に料理を作るために奥へ引っ込んでいた義一郎が、かぼちゃ尽くしの膳を持って出てきたのである。

「迷惑だなんてとんでもねぇ。こいつは怪談を聞くためにこの店に来ているようなものなんだ。それに与三郎さんは、虎太が喜ぶと思ってわざわざ仲間を連れてきた。その優しさを蔑《ないがし》ろにするような、そんな男ではありませんよ。それに怖い話が大嫌いと言っても、それに背を向けるようなことは決してしない。何しろ虎という字をその名にいただいているくらいなんだから。なあ、虎太」

　義一郎は膳をどん、と虎太の前に置いた後で、にやりと笑った。

「ううっ」

　逃げ道を塞がれた気がする。もしここで嫌がったら、「お前は虎太じゃない、猫太だ」と馬鹿にするに決まっている。

　虎太は、心の中で深く溜息をつきながら与三郎へ告げた。

「その通りです。俺は虎なんだ。猫に飼われた……じゃなかった、勇猛果敢な一匹狼《いっぴきおおかみ》の虎なんだ。ああ、虎だか狼だか分からないって言うのはやめてくださいよ。そんなのはもう聞き飽きていますのでね。とにかく逃げることはしません。ぜひ話を聞かせてもらいましょう」

　虎太はすっと立ち上がった。そのまま座敷から下りようとしたが、そうする前に義一郎に首根っこを押さえられてしまった。

「こら虎太。言ってるそばから逃げるんじゃねぇ」

「いや、違うんだ。いったん表へ出て、心を落ち着かせてから戻ってこようと思っているだけなんだ」

「面倒臭いことするんじゃねぇよ。お前はどうしたって怪談を聞くし、かぼちゃも食わなきゃならねぇんだ。だったら無駄に騒がず、堂々と腰を下ろしているべきだ。それが男ってぇもんだろう」

義一郎は、さっきまで座っていた場所の方へと虎太を押した。熊男の馬鹿力なので抗《あらが》えない。虎太は後ろ向きのまま、とととっと下がり、ちょうど自分の膳のところですとんと尻餅をついた。

「今、お悌はかぼちゃ団子を作っている。前にお前に食わせてやったやつだ。俺の妹が拵《こしら》えたものだからな、意地でも食えよ。もうすぐ運んでくると思うから、そうしたら話を始めてもらおう」

義一郎が持ってきた分でも結構な量なのに、その上まだ増えるというのか。虎太はうんざりしながら自分の手や腕を眺めた。近頃は毎日のようにかぼちゃを食わされているので、もしかしたら体が黄色くなっているかもしれないと思ったのだ。

幸い、そんなことにはなっていなかったので、虎太はちょっと安心した。

二

「……十年前の話だ。上方へ流れる前、俺は北本所《きたほんじょ》表町《おもてちょう》にあった経師屋に世話になっていた。半月もいなかったけどね」

市次郎の話が始まった。聞いているのは虎太と治平、与三郎、お悌、義一郎と、さらにもう一人、古狸一家の次男坊の礼二郎である。蕎麦屋の方に客が来ないので、今日はいつもより早めに閉めた、ということだった。

「向島《むこうじま》にある、とある大店が持っている寮の襖や障子の張り替えをする仕事がその経師屋に入っていてね。わりと広いところで、人数がいるからということで潜り込ませてもらったんだ」

　市次郎が上方へ行く前日のことだった。向島の寮での仕事をすべて仕上げ、市次郎たちは日が暮れる少し前に帰路についた。

　人数は市次郎の他に四人。経師屋の親方と、その店で使われている三人の職人だ。糊《のり》を入れた甕《かめ》などの仕事道具を積んだ大八車を市次郎が引き、店の職人の中で一番年が若い男が後ろからそれを押していた。

　向島は田圃ばかりの土地だ。急がないと辺りが真っ暗になってしまう。もっと早く帰れるつもりで明かりの用意をしていなかった市次郎たちは、次第に闇を深めていく田圃道を急ぎ足で進んだ。

　ところがその途中で親方が、とんでもないことを言い出したのである。

　ここから道を外れて少し行った藪《やぶ》の中に空き家がある。そこもやはりどこかの大店が持っている寮だと思われるが、使われている様子がまったくない。噂によると、そこには夜な夜な幽霊が現れるという。もうどんなに急いでもじきに真っ暗になってしまうのは間違いないのだから、それならいっそのこと、その幽霊屋敷を見物しに行こうじゃないか……と言うのだ。

　物好きな親方だ、と市次郎は呆れたが、驚いたことに他の三人は乗り気だった。どうしてそんなところへわざわざ行きたがるかね、と市次郎はますます呆れた。

「……俺は翌日に上方行きを控えていたからね。少しでも早く帰りたかった。それで、俺は大八車を引いて先へ進んでいますから四人で行ってきてください、と告げたんだよ。わざわざその空き家まで大八車を引いていくのは大変だし、そうかと言ってその場に置いておくわけにもいかないから、俺の申し出は通った。四人はそこから道を外れて空き家のある藪の方へと行き、俺は一人で大八車を引いて本所へと向かったんだ」

空き家など大して見るところはあるまい。中に入って、軽く見回ったら終わりだ。だからすぐに追いついてくるだろう、と市次郎は考えていたが、四人はなかなか姿を現さなかった。

思っていたより遠くにあるのか、あるいは親方が場所をあまりよく知らなくて迷っているのか。俺は行かなくてよかったな、と思いながら、市次郎は先へ先へと進んだ。

やがて、橋をもう一つ越えれば本所の町だ、というところまで来た時に、ようやく後ろから足音が聞こえてきた。市次郎のいる方へと走ってきているようだった。

もう辺りはすっかり暗くなっている。月は出ているが、かなり欠けていて、やっと足下が分かるくらいの明るさしかない。そんな中であんな風に駆けていると、何かに蹴《け》躓《つまず》いて田圃に転がり落ちるぞ。市次郎はそんな心配をしながら後ろを振り返った。

黒い人影が四つ、こちらに向かってきていた。体つきなどから、親方たちなのは間違いなさそうだった。四人とも走りながら、時々後ろを振り返っているように見えた。

暗いので自分がここにいることに気づかず、そのまま大八車にぶつかってきてしまうかもしれない。そう思った市次郎は、「おおい」と声を出しながら大きく手を振った。すぐに「おう」と親方の声で返事があったので、安心してその場で四人を待った。

「……ところが、だ。四人は俺の横をすり抜け、そのまま走っていってしまったんだ。びっくりしたよ。なんだよそりゃ、と俺は腹を立てながら、一人で大八車を引いて四人を追った。しかし、追いつけるはずはない。結局、北本所の店に着くまで一人だった」

どうせ明日には別れるんだから思いっきり怒鳴りつけてやろう。喧嘩になっても構わない、と思いながら市次郎は店に踏み込んだが、そうすることはできなかった。四人とも一部屋に固まって、青い顔で震えていたからだ。

まさか本当に幽霊が出たのか。市次郎がそう訊ねると、四人は首を振った。それならいったいどうしたというのか、と続けて訊いたが、これには答えが返ってこなかった。

その後も市次郎は何度も訊ねて話を聞き出そうとしたが、四人とも口が堅かった。唯一分かったのは、幽霊ではない何かを空き家で見たらしい、ということだけだ。しかしそれが何であるかを訊ねても、皆「お前は知らない方がいい」と言うだけで、最後まで教えてはくれなかった。

「……その翌日に俺は上方へ向けて旅立った。あちこちの仕事場を転々としながら十年を過ごし、久方ぶりに江戸へと戻ってきたのが先月だ。江戸にいた時分にも俺は似たような暮らしをしていたから、挨拶に行っておきたい場所がそこかしこにあった。しかし、初めに俺が訪れたのは、北本所にある例の経師屋だったんだ。ずっとあの時のことが気になっていたからな。さすがに十年も経てば、何を見たのか教えてくれると思ったんだ」

ところが、行ってみるとその経師屋はなくなっていた。まったく別の店に替わっていたのだ。当然、親方たちの姿はそこになかった。

市次郎がその店にいたのは半月に満たなかったが、その間に親方や他の職人と何度か通った飲み屋が近くにあった。市次郎はそこへ行き、親方たちはどうしたのかと訊ねた。飲み屋の親父《おやじ》は初めのうちこそ言葉を濁していたが、必死で食い下がると、やがて教えてくれた。

「……驚いたことに、あの時に一緒に仕事に行った四人ともが、すでに亡くなっていたんだよ。それも、俺が上方に行ったすぐ後のことのようだ。気になった俺は、四人が訪れた空き家を捜してみることにした」

しかし、なかなか見つからなかった。藪の中だけではなく、その辺りで目に付いた建物を手あたり次第訪れてみたが、どれも幽霊屋敷と噂されている空き家ではなかった。

それでも市次郎は諦めなかった。粘り強く向島をうろうろと歩き回った。そんな苦労の甲斐《かい》があり、ついこの間、ようやくそこを捜し当てた。実にひと月近くかかってしまった。

なかなか見つからないはずである。そこはもう、空き家ではなかったのだ。とある大店の寮として、その店の隠居が住み着いていたのだ。

その人は十年前の持ち主とは違っていた。訊いてみると、最近になって買い取ったものだという。ほんのひと月ほど前のことで、そこが幽霊屋敷と噂されていたことなど、まったく知らなかったようだった。

もちろん亡くなった四人のことも隠居は知らなかった。その後も市次郎は、隠居から何かを聞き出せるのではないかと考えて会話を続けたが、結局、暇を持て余した年寄りの無駄話に付き合わされただけに終わった。


「……という話なんだが、どうだろうか」

市次郎が不安げな顔つきで、話を聞いていた者たちの顔を見回した。

「ううん……」

全員が声をそろえて唸った。みんな何とも言えない顔をしている。

「多分、あの四人は空き家で何か、おっかないものを見たと思うんだよな。でも俺は見ていないから、それが何であるかは分からないし……どうやらあまり面白くない話だったみたいだ。俺も話してみてそう感じたよ。なんか悪いことをしちまったな」

市次郎は、つまらない話を聞かせてしまった、と頭を下げた。

「ああ、いや、そんなことはありませんよ。気になさらないでください」

古狸一家の次男坊、礼二郎が慰めるように声をかけた。

「幽霊屋敷で何かを見た者たちが、その後で亡くなってしまった。十分に怪談です。市次郎さんは、結局四人が何を見たのか分からずじまいであることを気にしているようだが、それも大したことではありません。場所さえ分かれば構わないんですよ。何しろこちらには虎太という男がいるのだから」

礼二郎が横目で虎太を見た。ああ、やっぱり行かされるのか、と虎太は顔をしかめた。

「今その寮で暮らしているご隠居さんは何も見ない人のようですが、恐らく虎太がそこに泊まれば、何かしらが起きると思うんですよ。ですから、市次郎さんのお話はかなりよかった。しかし……一つだけ残念なことがある」

礼二郎の言葉に、治平とお悌、義一郎が頷いた。だが虎太は何のことか分からなかったので、ただぽかんと口を開けていた。

礼二郎は、駄目なやつだなぁ、という顔で虎太を睨み、それから話を続けた。

「まあ、市次郎さんや与三郎さんは、そこまで詳しくうちの事情を聞いていないようですから、仕方のないことです。実はですね、私どもが怖い話を聞き集めているのは、行方知れずになったうちの父親を捜すためなんですよ。その手のことが好きな親父でしてね。どこかで幽霊が出たとか、誰かが狐や狸に化かされたとかいう話を聞くと、必ずその場所へ見物に行っていた。だからもしかしたら、そういう場所を捜すと見つかるんじゃないかと思って、それで始めたことなんです。その親父がいなくなったのは九ヵ月ほど前のことでしてね」

　虎太は、なるほど、と膝を打った。ここまで聞いて、ようやく分かった。市次郎の話の中で「何か」が起こったのは十年前だ。藪の中の空き家が幽霊屋敷だという噂があったのもその頃である。今はもう、その噂も消えてしまっているようだ。だから今頃になって訪れたとしても、そこで一家の父親の亀八に会えるとは思えない、と礼二郎は言っているのだ。

「……なるほど、そういう事情があったのか。そうなると、やっぱり俺の話は駄目だったってことだ。いや、申しわけない」

　市次郎がまた頭を下げた。本当にすまなそうな顔をしている。

「謝ることなんてありませんよ、市次郎さん。どうか頭を上げてください。あなたの話は本当に素晴らしかった」

　声をかけたのは虎太だ。心からそう思って言っている。

「俺がここで聞いた話の中で、一番と言ってもいいくらいだ。毎回、こんな話だったらと本気でそう思います。これまで聞いた話は、もう何と言うべきか……碌でもないものばかりだった。それと比べたら市次郎さんの話は、あまりの出来のよさに涙が流れるほどだ」

「……おい虎太。お前、どうやら幽霊屋敷に行かなくて済みそうだと分かったから、そんな適当なことを言っているのじゃろう」

「な、何を言うんですか、治平さん。俺はそんな調子のいい男ではありませんよ。ねぇ、お悌ちゃん」

虎太は同意を求めてお悌へと顔を向けた。しかしすぐに「ううっ」と唸ることになった。

お悌は、市次郎の話を聞いている時にはわりと機嫌よくにこにことしていたが、今はその笑みが消えていた。じとっとした目で虎太を見据えている。

「……あたしは先に寝かせてもらうとするわ。市次郎さん、それから与三郎さん、お二人はどうぞごゆっくりなさってくださいね」

市次郎たちに顔を向けた時だけ、お悌の顔にいつもの愛嬌が戻った。声も可愛らしいものだった。しかし再び虎太の方へと向き直った時には、やはり先ほどの、冷たい目をしたお悌へと変わっていた。

お悌は立ち上がり、座敷から土間へ下りた。店の奥へと歩いていく。そして戸口の向こうへと姿を消す直前に顔を動かし肩越しに虎太を見て、「食べ物を粗末にしては駄目よ」と低い声で告げた。

「は、はい……」

虎太は首を竦めながら返事をした。実は膳の上のかぼちゃには、まだまったく手を付けていなかったのだ。

「……なんだかよく分からないけど、俺のせいで妙な感じになっちまったようだ。本当に悪いことをしたなぁ」

お悌が姿を消した戸口を見つめながら、市次郎が呟いた。

「いや、悪いのは虎太じゃ」

「この馬鹿がすべての元凶ですぜ」

「虎太のせいだから気にしてはいけません」

治平、義一郎、礼二郎が一斉に口を開いた。どの口も虎太を悪く言っている。しかし当の虎太は一向に気にならなかった。いつものことだ。それで市次郎の心が少しでも晴れるというなら何を言われても構わない。

それより今は、膳の上のかぼちゃの方が難題だ。どう始末をつけるか。いや、もちろん食べるしかないのだが……。

虎太が唸りながら冷や汗をかいていると、市次郎がまた申しわけなさそうに口を開いた。

「さっきの話の最後に、寮の今の持ち主の隠居の無駄話に付き合わされたと言ったでしょう。その際に、ちょっと面白い話を小耳に挟んだから、よかったらそれも話そうかと思っていたんだ。でも幽霊話ではないし、やっぱりよそうかなぁ……」

「なに、気にすることはない。儂と虎太は聞くよ。義一郎と礼二郎は……他にも客がいるのだから、そちらの相手をした方がいいだろう」

治平が言ったので、義一郎と礼二郎はそばから離れた。市次郎と与三郎、治平、そして挑むような目でかぼちゃを睨みつけている虎太が残される。

「本当に大した話じゃないんだ。寮の、前の持ち主のことなんだが、さっきも言ったように手放したのは最近になってからだ。日本橋に店を構えていた大店の主が持っていたらしいんだが、店が潰れてしまってね。それで売り払ったらしいんだ。表向きはただ商売が傾いたから、ということになっている。しかし別の噂もあるそうなんだ。その店にとんでもない盗人が入ったから、という噂なんだが」

「ほほう」

「蔵に置いてあった金を根こそぎ盗まれたらしい。それが随分と手の込んだやり口をしていてね。蔵には金の詰まった千両箱がいくつか置いてあって、店の主は一日に一回は中を確かめていたんだ。ところが、ある時それが、すべて偽物と替えられていることに気づいたんだよ。贋金《にせがね》っていうほど立派なものじゃないぜ。石とか木とか鉄とかを重みと形だけを合わせるように適当に削って組み合わせた代物だ。それを千両箱の中ほどの小判からちょっとずつ入れ替えていたようなんだよ。もし人数のいる盗賊だったら一気に持っていってしまうだろう。だから恐らくそいつは一人で、長い時をかけて盗んでいったのだろうと言われている。ちなみにどうやって錠の掛けられた蔵に忍び込めたのかは分からない。それに、その盗人の正体ももちろん分かっていない。捕まっていないからな。そもそも店主は、奉行所に届け出てすらいないんだ。どうもあまり素性のよくない金だったらしい……と、そういう話だ。ああ、言っておくが、これはすべて噂だぜ。もしかしたら俺は、暇な年寄りの与太話を聞かされただけなのかもしれん。信じない方がいい。何しろこの話をした隠居は、古い盗人の名を出して『やつの仕業に違いない』とか言っていたからなぁ。もう二十年も前に姿を消した盗人なのに……」

　虎太はすっと顔を上げた。かぼちゃよりもとんでもないものが出てきたかもしれない。恐る恐る市次郎に訊ねてみた。

「あの……それはもしかして、鎌鼬の七では……」

「おっ、まだ若いのに知っているんだ。そうだよ。鎌鼬の七だ。笑っちまうだろう。俺がまだ十四、五の頃に耳にした盗人だよ。今さら出てくるはずがない。だからさ、きっとその大店は、本当に商売をしくじって没落したんだ。しかしそれが気恥ずかしいから、そんな噂を主が自ら流したんじゃないかな。だから奉行所に届け出ていないんだ」

「そう……だといいですねぇ」

虎太は膳の上のかぼちゃへと再び目を落とした。千村新兵衛から、鎌鼬の七には関わるな、と忠告されたことを思い出す。

――さて、俺はどうするべきかな。

目の前のかぼちゃの始末と、今回の件。難題が二つに増えてしまった。

三

翌日の夕方、虎太は北本所表町にある飲み屋に来ていた。

数日の間、みんなには内緒で市次郎から聞いた話について調べてみようと決意したのだ。そのために仕事先の親方には、故郷にいる伯父が死んだと嘘をついている。古狸の者たちにも同じ嘘を告げて、しばらく会えないと神妙な顔で別れてきた。

ただし同郷の兄貴分で、江戸に出てきた後も何かと世話になっている友助《ともすけ》だけには真実を伝えてある。死んだことにした伯父を友助も知っているので、口裏を合わせておかないとまずいと考えたからだ。

また、忠と猫三十郎も友助に預けている。いつものように古狸に置いてきてもよかったのだが、どれくらいかかるか分からないので友助の方にしたのだ。食い物屋にそう何日も猫を預けるのは悪いと考えたからだった。

それに友助は下谷《したや》坂本町《さかもとちょう》にある長屋の、表店の二階家で独り暮らしをしているので都合がいい。広々としているから二匹の猫がのびのびと遊び回れる。

――そういえば、昔そこでも子供がいなくなっていたな。

友助が住んでいる八五郎店《はちごろうだな》、通称「大松《おおまつ》長屋」では、この十年ほどの間に三人の女が「神隠し」に遭っている。そのため密かに「神隠しの長屋」とも呼ばれているのだ。

初めにいなくなったのは、おきよという名の女の子である。十年も前の話で、その時おきよはまだ五つだった。次に姿を消したのは、おそのという名の十七の娘だ。これは三年前のことである。そして最後がおりんという二十三の女で、おそのが行方知れずになってから一年ほど後にいなくなっている。

このうちの、おそのとおりんについては、実は悪い男に殺されていた、ということが分かっている。しかし、おきよに関しては何も分かっていない。今もまだ行方知れずのままだ。

――そっちのことも少し調べてみた方がいいかな。

だが今は市次郎の話の方だ、と虎太は目の前にある飲み屋を見た。

先に虎太は、向島にある例の寮を訪れている。そこで暮らしている隠居に、寮に泊まる許しを得るためだった。

それはあっさり認められた。隠居は今日からしばらくの間、寮を空けるつもりでいたのだ。今夜は神田にある自分の店に泊まり、明日からは大山参《おおやままい》りに出かけるのだという。そのため、むしろいい留守番が来たと虎太は喜ばれてしまった。

隠居と話をつけた後で、虎太はこの北本所表町へ来た。目の前にあるのは、経師屋の者たちが亡くなっていたことを市次郎が聞いた飲み屋である。

まだ暖簾はかかっていないが、店の中で人が動く気配がしていた。多分、料理の仕込みなど、店を開ける支度をしているのだろう。

話を聞くならむしろ今だ、と虎太は戸を開けた。

「ごめんよ、まだ支度中なんだ」

店の親父から声がかかった。

虎太は構わずに中に入った。狭い店だ。親父が一人でやっているらしい。

「いえ、申しわけありません。客ではないんです。ちょっとお訊ねしたいことがありまして」

「ああ？」

親父は何かの料理を作っていたところらしく、包丁を盛んに動かしていたが、その手を止めて虎太の方を見た。

「こっちは忙しいんだけどよ」

「手を動かしながらで結構です。実は、十年前まで近くにあった、経師屋さんについてお訊きしたいのです。つい最近も、市次郎さんという方から同じことを訊ねられたと思いますが」

「ああ、確かに来たな」

親父はまた手元に目を落とし、包丁を動かし始めた。塩を投げつける気はないようなので虎太はほっとした。

「そこの親方さんを含む、四人の方が亡くなったと聞きましたが、その方々について教えてほしいのです。市次郎さんによると言葉を濁していたということですから、多分、あまり話したくはないことなのでしょうが」

「あの時は他にもお客がいたからな。正直、気持ちのいい話じゃないから遠慮したんだ。今なら別に構わないよ。何が知りたいんだ」

「ああ、ありがとうございます。ええと、四人はどうして亡くなってしまったのでしょうか。流行《はや》り病《やまい》か何かですかい」

「いや、病じゃない。死に方まで俺が知っているのはそのうちの二人だけだが、一人は酔って川に落ちたんだ。もう一人は何者かに刺されたと聞いたよ」

「へ、へえ……」

どちらも尋常とは言えない死に方である。

「酔って川に落ちて死んだ人のことは、十年も経つというのによく覚えているよ。何しろ、うちの店で酒を飲んだ後に死んだんだからな。確か、あの晩は、その辺りで飲んでいた」

親父は顔を上げ、小上がりの座敷の隅の方を指差した。

「勢助《せいすけ》さんって名だったな。よくうちの店で飲んでくれていた。経師屋の仲間と来ることが多かったが、一人で来ることもあった。あの晩もそうだったんだが、途中で別の男から声をかけられてね。二人で飲み始めた。で、相手の男は先に帰り、勢助さんはその後でうちの店を出た。そして帰る途中で川に落ちて亡くなったらしい。翌日の晩に常連の一人に教えられてびっくりしたよ」

「そうでしょうねぇ。ところで、勢助さんと飲んでいた男というのは、やはりここの常連さんですか」

　もしそうなら、その人からも話を聞いてみたい。そう思って虎太は訊ねたのだが、残念ながら親父は首を振った。

「いや、そっちの男のことはよく覚えていないんだよ。初めて見る顔だった。確かまだ二十三、四くらいの若者だったと思うが、顔なんかはすっかり忘れちまったな。勢助さんに酌をする時に袖が捲《まく》れ、そいつの肘の辺りに傷痕《きずあと》が見えたのはなぜか頭に残っているんだが。結構大きな傷だったからかな」

「はあ、左様ですか。ええと、もう一人の、何者かに刺されて死んだとかいう男については、何か知っていることはないでしょうか」

「ないね。そういう死に方をしたというのは、店の客が話しているのを耳にしただけなんだ。実はよく知らないんだよ」

「ふうむ」

これ以上、この親父から聞き出せることはなさそうだ。虎太は親父に丁寧に礼を言い、そのうち必ず飲みに来るから、と約束して飲み屋を後にした。

向島の寮に戻った時には、日がすっかり暮れていた。

隠居はもういなかった。表戸は閉じられ、一階の窓にはすべて雨戸が立てられている。唯一開いている裏口から虎太は中へと足を踏み入れた。

火を起こすための道具が入った火打箱《ひうちばこ》が裏口の土間に置かれていたので、虎太はそれを使って行灯に火を点けた。明るくなった寮の中を見回す。

ほとんど物が置かれていない。行灯と火打箱以外だと、部屋の隅に畳まれた布団と、表戸側の土間にある水瓶《みずがめ》や米櫃《こめびつ》、箱膳などが目に入るくらいだ。元々、どうしても必要な物しか置いていない寮なのだと隠居から聞いている。

他に、二階には釣り道具があると隠居は言っていた。この隠居は、釣りさえできれば満足、という老人だったのだ。だから余計な物がないのである。

もっとも、そのお蔭で虎太はここに泊まることを許されたと言っていい。盗まれるような物もないからだ。

――十年前、経師屋の男たちはここで何を見たのだろう。

走って逃げたみたいだし、店に戻ってからは青い顔で震えていたという。そうなると、やはり幽霊を見たということになるか。本人たちは違うと言っていたようだが……。

――しかし……。

虎太は首を傾げた。古狸に出入りするようになって以来、何度も恐ろしい幽霊に出遭ってしまっているので、ある種の勘のようなものが働くようになっている。ここには幽霊は出ないのではないか、という気がしていた。

――そうなると、他に考えられるのは……。

経師屋の四人の男たちのうちの一人が、何者かに刺されて死んでいることが気になった。幽霊が刃物を使って人を刺し殺すだろうか。ないとは言い切れないが、恐らくそんなことはしないと思う。呪い殺した方が早い。

つまりその男は、人の手によって殺されたということだ。その原因は、ここで見たものなのではないだろうか。

――盗人とか、その類《たぐい》かな。

盗んだ物を隠しておく場所としてここを使っていた。それを見られたので、相手を殺した。これはありそうだ。

賭場に使っていた、というのはどうか。これもあり得なくはない。しかし役人ならともかく、経師屋に見られたくらいで殺しまでするだろうか。

――まだ盗人の方が考えられるかな。

市次郎の話の中に、鎌鼬の七の名が出ている。しかし耳にしている噂からは、この盗人が人を殺すようなことをするとは思えない。そうなると別の盗賊か。

――ううん、難しいな。

鎌鼬の七だって、実は凶悪な男なのかもしれないではないか。人々の噂の中にしか出てこないのだから、何とも言えない。その正体を誰も知らないのだ。

これ以上悩んでも、自分にはまともな考えなど浮かびそうにない。虎太は頭を使うことをやめた。疲れるだけだ。

――念のため寮の周りを少し見回って、それから寝ちまおうか。

経師屋たちがここで何かを見たのは、十年も前の話だ。今は持ち主が平気で寝泊まりしている。だから、危ない目に遭うようなこともないだろう。幽霊が出そうな気配も感じられないし、安心して眠ってしまって平気だ。

虎太は隅に置かれていた布団を部屋の真ん中まで引っ張ってきて敷いた。それから裏口へ行き、履物を突っ掛けて外へ出た。

空には雲が広がっていて、月を隠していた。虎太といえども油断すると何かに蹴躓きそうになるほど暗い。

どうせ周りには田圃しかないのだ。別に見回ることはないな、と虎太は思い直した。くるりと踵を返し、たった今出たばかりの裏口を再びくぐろうとする。

その時、ふと妙な気配を感じた。闇の奥から何者かがこちらをじっと窺っている。そんな気配だった。

慌てて辺りを見回した。しかし闇が広がっているだけで、何も目には入ってこなかった。

虎太は素早い動きで寮の中に戻った。戸をしっかりと閉め、心張棒を支《か》う。そして行灯を消し、暗闇の中で息を潜めた。

四

翌朝、明るくなってから虎太は動き出した。一晩中、何者かがやってくるのではないかとびくびくしながら待ち構えたが、結局何者も現れなかった。

裏口から外へ出て、寮の周りを歩いてみる。昨夜感じた気配がもし「人」から発せられていたものだとするなら、足跡などが残っているかもしれないと思ったからだった。

しかし残念ながら、そのようなものは見つけられなかった。

それなら幽霊の気配だったのか。いや、それとは違う気がする。

気配を感じたと思ったのは勘違いなのだろうか。あるいは狸とか狐の類だったとか。

考えながら歩いているうちに、虎太は寮から少し離れてしまった。

細い川の流れに行き当たった。寮へは反対側からやってきたので、こんなところに川があることを虎太は知らなかった。

そう言えば寮の持ち主は釣り好きだった。細いとはいえ、近くに川が流れているからあそこを買うとなったんだろうな、と思いながら水を眺める。

不意に虎太の頭に、ぶわ太郎のことが浮かんだ。金兵衛の孫の甚太を助けるために、水の中からぶわっと出てきたらしい。どんな感じだったのだろう。

ぶわ太郎が現れたのは大川だ。今眺めているこの川も多分、大川と繋がっているに違いない。

――待てよ……。

繋がっているということは、舟で行き来できるということだ。

舟なら大きな物や重い物を、陸を使うより早く楽に運べる。例えば、どこかの蔵から盗んだ千両箱とか……。

虎太は寮の方を振り返った。やはりあそこは盗人の隠れ家だったのではないか、と思った。あるいは、盗んだ物を一時置いておく場所だ。経師屋の四人はそのことを知ってしまったので消されてしまった。

――いやいや、待て待て。

もっと恐ろしいことが頭に浮かんできた。ぶわ太郎が助けたのは、「舟で連れ去られそうになった甚太」である。つまり、あの寮に運ばれたのは千両箱などではなく、拐かされた子供なのではないだろうか……。

虎太は金兵衛の家を訪ねた。

隠居したとはいえ、いまだに倅にくっついて庭師の仕事へ行ってしまうと聞いていたので留守かもしれないと心配していたが、幸い金兵衛は家にいた。頼み込んで、甚太を呼んでもらう。

まだ五歳の孫にいったい何の用があるのだ、と金兵衛は不審がったが、すぐに甚太を連れて戸口まで戻ってきた。虎太は腰を屈め、甚太に訊ねてみた。

「拐かされそうになった時のことを聞きたいんだ。女の人に川まで連れていかれたら、そこに舟があって、男の人が乗っていただろう。その男の人相を覚えていないかな。つまり、どんな顔だったかってことなんだけど。例えば眉毛が太かったとか、髭《ひげ》を生やしていたとか」

甚太は首を振った。覚えていないようだ。

「それなら、体つきはどうだったかな。太っていたとか、痩せていたとか。あるいは背が高かったとか、反対に小柄だったとか」

甚太はこれにも首を振った。これも覚えていないらしい。特に印象に残るほどのことはなく、中肉中背だったということであろう。

「それなら年はどうだったかな。甚太のお父つぁんくらいだったとか、もう少し上だったとか下だったとか」

甚太は少し首を傾けて考えるような仕草をしたが、やがてまた首を振った。

「そ、それじゃあさ……」

多分これも駄目だろうな、と思いながら、虎太は最も訊きたかったことを口にした。

「犬が水の中から出てきた後、その男は棒を使って追い払おうとしただろう。その時、着物の袖が捲れなかったかな。その男の腕にさ、傷痕があったかどうか知りたいんだが」

驚いたことに、この問いに対しては甚太の首がかすかに縦に動いた。

「えっ、あったのかい」

「う、うん」

自信なげに頷いてから甚太は自分の着物の袖を捲《めく》り、肘から手首にかけての辺りを撫でるように示した。

「ここのところが白くなってた。爺ちゃんの脚みたいに」

虎太が目を向けると、金兵衛は苦笑いを浮かべた。

「まだ若くて半人前だった頃に負った傷だ。木の枝に跨《また》がって上の方の枝を鉈《なた》で落としていたら、どうした拍子か手元が狂って、自分の脚をざっくり切っちまったことがあるんだよ。一人前の植木屋になってからは、そんな間抜けなしくじりはしたことねぇぜ」

言いながら金兵衛は着物の裾を捲った。膝の少し上に傷痕があった。かなり古い傷なので、今はもう周りより白くなっているだけだ。しかし金兵衛は毛深くて、そこだけ毛が生えていないので少し目立った。

「こんな感じの傷が、その男の腕にもあったのかい」

再び訊ねると、甚太はまた頷いた。

「そ、そうか。ありがとう、助かったよ」

虎太は甚太の頭を撫でた。それから金兵衛に向かって深々とお辞儀をした。

「本当に助かりました。またお礼に参りますので、今日はこれで」

「おいおい、もう帰るのかい。茶の一杯も飲んでいきなよ。傷痕の見物代は取らないから、安心して上がっていけ」

「すみません、まだ行くところがありますので」

引き留めようとする金兵衛を振り払い、虎太は表に出た。同じことを訊きたい相手がもう一人いたからだった。


「ごめんください」

虎太が声をかけると、店の土間を掃除していたかみさんが顔を上げた。

「はい、いらっしゃい。何の御用でしょう……おや、兄さんは前にも来たことがあるね。死んだお喜乃ちゃんのことを色々と訊ねていった人だ」

虎太が来たのは、神田鍛冶町にある荒物屋である。お喜乃の幽霊から、行方知れずになった子供の信吉を捜してくれと頼まれているが、ここはそのお喜乃の嫁ぎ先だった但馬屋のすぐ近くだ。この荒物屋のかみさんは、生前のお喜乃と仲良くしていた人である。

「はい。実は今日も、おかみさんに訊ねたいことがあって来たんです。信吉がいなくなった時、おかみさんもその場にいたとおっしゃっていましたよね」

「ああ、言ったよ。またその時のことを聞くつもりかい。あまり気が進まないねぇ」

かみさんは顔を歪《ゆが》めながら首を左右に振った。

「あれは辛い思い出だからさ」

「そこを何とかお願いします。決してお手間は取らせません。おかみさんとお喜乃さんは、大工らしき男から道を訊ねられたと言ってました。飲み込みの悪い大工で、左だと言っているのに右の方を指したとか。そいつがどんなやつだったか、もう少しだけ詳しく聞きたいのです」

「そう言われてもねぇ……一度会ったきりだから顔とかはもう忘れちまったよ」

「男の年などは覚えていませんでしょうか」

「ううん、三十くらいかねぇ……。もう少し上かもしれない。四十まではいっていないと思うけど、あまり自信はないね」

「ふうむ」

十年前は二十代か。北本所表町の飲み屋に現れた男と年回りは合っている。

「体つきはどうですか」

「確か……兄さんと変わらなかったような」

かみさんは虎太を見ながら言った。つまり特に背が高くもなく、低くもない。太ってもいないし、痩せてもいない。そんなどこにでもいる男ということだ。

「悪いねぇ。何しろ九ヵ月以上も前に、ほんのちょっと会っただけのことだから」

「それじゃあ腕に傷痕があったかどうか、なんてことも覚えていませんかね……」

虎太は探るような目でかみさんの顔を見た。これが最も訊きたかったことだ。

息を呑んで見守っていると、かみさんは「ああ、それならあったよ」とあっさりと答えた。

「えっ、本当に？」

「言われたら思い出したよ。男が手で右の方を指し示した時に袖が少し捲れてね。その時にちらっと見えたんだ。そこだけ毛が生えてなくて、白くなっていたから、『ああ傷痕だな、大工さんだから刃物で怪我をすることも多いんだろうな』って思ったんだよ。結構大きな痕だったからあたしの頭の中にも残っていたんだろうね。しかし兄さん、どうしてそのことを知っているんだい。会ったことがあるのかい」

「いえ、ありませんが……でも、もしかしたらもうすぐ会うかもしれません」

「そうかい。もし会ったら、念のために信吉ちゃんのことを訊いてみておくれよ」

「もちろんですよ。それでは、俺は急ぎますのでこれで」

虎太はぺこりと頭を下げると荒物屋を離れ、再び向島の寮へと足を向けた。

ここまででははっきりしたのは、腕に傷痕がある男は「子供を拐かす悪人の一味のうちの一人」ということだ。信吉は多分、男がお喜乃と荒物屋のかみさんに道を訊ねている間に、別の仲間によって連れ去られたのだろう。

経師屋の四人が何を見たのかは分からないが、「子供の拐かし」に繋がることなのは間違いない。例えば縛られている子供とかだ。それを見てしまったために、やはり腕に傷痕がある男によって殺されたのだ。勢助という者は酔って川に落ちて死んだということになっているが、それもきっと男の仕業だろう。

――そうなると、少なくとも十年前には、一味はもう動いていたということになるな。

糞野郎どもが、ただじゃあおかねぇぞ。必ず懲らしめてやる。虎太は心の中でそう誓った。

五

虎太は向島の寮の周りを囲う藪の中に潜んでいる。

日が沈む前からそうしているので、あちこち虫に刺されている。しかし動くわけにはいかなかった。暗い中で、まだもうしばらく我慢しなければならない。

正面にある寮へと目を向けた。二階の障子窓が明るい。虎太はここにいるのだから、当然そこは無人である。だから明かりなどいらないのだが、相手の目を欺くために点けている。油がもったいないが、それは仕方がない。

――さて、やつはいつ頃来るのかな。

虎太が待っているのは、昨夜のあの気配の主である。多分、今日も現れると思っている。そいつの人相を確かめるために虎太はこうして痒さに耐えて待っているのだ。

虎太は空を見上げた。今日は雲一つなく晴れ上がっている。月はやや細めだがしっかり出ているし、星も輝いている。虎太の目には十分な明るさだった。

そろそろ夜の五つになる。昨日は今頃に気配が現れたが、今日はどうか。あまりにも明るいから、やってこないかもしれない。

そう思った時、耳がかすかな物音を捉えた。かさかさという、草を踏む音だった。

聞こえてくるのは背後からである。ゆっくり、ゆっくりと何者かが近づいてきている。

虎太は息を殺し、かすかな身動きもしないように体に力を入れた。

自分は藪の中に隠れている。昼間ならまだしも、夜の暗い中では決して見つかることはない、という自信はある。もし見つかるとするなら、それは相手が自分とまったく同じ場所にやってきてしまった場合だけである。

耳を澄まして背後の音を探る。明らかに自分がいる方へ向かってきている。

――どうする？

虎太は迷った。いっそのこと飛び出してしまうか。それともこのまま身を潜め続けるか。

悩んでいると、背後のかなり近いところから物音が聞こえた。慌てて息を止める。

間をおかず、自分のすぐ横の草がかさかさと揺れた。

後ろから来た者が、虎太の横、わずか半間ほどのところを通り過ぎていった。

男だった。虎太がここにいることなどまったく気づいていないようだ。顔をやや上に向けているのは、明かりの点《とも》っている二階を見ているからだろう。

男は虎太の二間ほど先で止まった。その場で二階を見張ることにしたようだ。

――いや、まさか……。

虎太は困惑しながら、草や木の枝に見え隠れしている男の背中を眺めた。

見覚えのある男だったのである。名は知らないし、言葉を交わしたこともないが、これまで何度も顔を合わせている。つい最近も、料亭の曙屋の前で見た。

男は、千村新兵衛の配下の者だった。

――どういうことだ？

まさかこの男が腕に傷痕のあるやつなのか……と考えていると、不意に男が袖を捲ってぼりぼりと腕を掻き始めた。虫に刺されたらしかった。

闇に目を凝らす。傷痕らしきものがあるようには見えなかった。

――そうすると、千村の旦那に命じられて俺を見張りにきたのか。

自分の動きが千村にすべて筒抜けであると感じることが多々あったが、それはこういうことだったのだろう。

――しかし、どうして俺なんかを見張るかね。

はたして千村新兵衛という同心は、信用できるのだろうか。ふと虎太はそう疑問に思った。

もしかすると旦那は、「子供を拐かす一味」のうちの一人なのかもしれない。鎌鼬の七も義賊なんかじゃなく、そいつらの一味なのではないか。

――ううむ。

さすがに考えすぎか。しかし慎重になった方がいいのは確かだ。

腕に傷痕がある男について、虎太は千村新兵衛に伝えるつもりでいた。しかしそれはやめようと考えた。しばらくは千村と離れ、自分一人だけで動くべきだ。

――まずは俺を見張っている、こいつをどうにかしないとな。

前にいる千村の配下の男の背中を睨みつけながらそう思った時、ふっと二階の行灯が消えた。

油が尽きたのだ。

前にいる男が再び動き始めた。寮の建物へと近づいていく。そのまま眺めていると、男は寮の裏側の方へ回っていってしまった。

——今のうちだ。

虎太は急いで藪を抜け、寮とは反対の方へ向かって走り出した。

虎太への頼み事

一

忠が宙に舞った。

下で迎え撃つのは猫三十郎だ。すんでのところで後ろへ跳びすさって忠の一撃を躱《かわ》すと、すかさず反撃に出る。床に下りた後でごろりと仰向けになった忠に、上から襲いかかった。

ここから寝技の応酬に入るかと思われたが、猫三十郎の攻撃は短かった。すぐに忠から離れ、たたたっ、と軽い足音を立てて走り出した。

忠がその後ろを、とととっ、と追いかけ始めた。そして部屋の隅で立ち止まった猫三十郎目がけ、再び忠は宙に舞った。

「……だいぶ高く跳び上がるようになってきたでしょう」

二匹の動きを見守りながら虎太は目を細めた。どちらも丈夫に育っている。

「まだ梯子《はしご》段《だん》の上り下りはできないけどな」

友助が二匹を目で追いながら答えた。こちらは少し心配げな顔つきをしている。猫たちが襖や障子を傷つけないか気にしている様子だ。

　二人がいるのは友助が住んでいる家の二階の部屋である。この虎太の同郷の兄貴分はまだ独り者だが、広い表店に一人で暮らしている。お蔭で子猫たちが遊ぶのにちょうどいい。梯子段を下りられないとはいえ、追いかけっこをしていて誤って落ちないように襖は閉めている。それにもうとうに日が暮れた後だが、猫が倒すと危ないので行灯を点けていない。開けた窓際に座り、月明かりの下で話をしている。これでいくら二匹が暴れ回っても心配はない。

「まあ、それも今のうちでしょう。もう少ししたら梯子段どころか、我が物顔で屋根の上を歩くようになるに違いない」

　早くそうなればいいのに、と虎太は思った。忠はお悌からの、猫三十郎は厳《いか》つい顔をした棒手《ぼて》振《ふ》りの魚屋からの贈り物だ。もし二匹に少しでも何かあったら面倒なことになる。それもあって、部屋を何日も空ける時にはこうして誰かに預かってもらっている。しかし、それも子猫の間だけだ。さすがに大人の猫になれば、放っておいてもお悌や魚屋は文句を言うまい。

「猫はすぐ大きくなるから、友助さんに厄介をかけるのもあとわずかな間です。うちの長屋で勝手に遊ばせておけばいい。餌は俺が支度しなくても、別の人が置いていきますからね」

「そう、それだよ」

　友助は苦虫を嚙み潰したような顔になった。

「別に子猫を預かるのはいいんだ。苦でも何でもない。俺がこいつらの相手をするのは夜だけのことだからな」

友助は屋根葺《ふ》き職人なので、昼間は当然仕事に行っている。

「俺がいない間は家の中に入れているし、大家の八五郎さんがたまに様子を見に来てもいる。他にもうちの長屋に住んでいる暇な人たちが勝手に上がり込んで二匹を眺めているよ。ここは連中の茶飲み場になっているようだな。だがそれも別に構わない。ただ気になるのは……猫の食い物を持って夜明けとともに現れる義一郎さんのことだ」

「あ、ここにも来るんですか……」

二匹を友助に預けたことは「古狸」にいる者たちにはもちろん伝えてあるが、まさか義一郎がここにまで餌を運びにくるとは思わなかった。

「もしかして……添い寝で起こされるとか」

「なんだそりゃ？」

「あ、いえ、何でもありません」

義一郎が餌を持ってやってきた際に、虎太はまだ眠っていることがある。そんな時、義一郎は虎太の横に寝転がり、耳元で「虎太さん、朝よ。起きてちょうだい」と囁《ささや》くのだ。虎太が必ず目覚める奥の手だが、さすがに友助にはしないようである。

「俺もいっぱしの職人だからな。朝は早い。義一郎さんが来る頃にはもう起きているよ。猫のためによくぞここまで、と感心しながら出迎えている。しかし何というか……朝向きの顔じゃないというか……」

「ううむ、確かに……」

寝起きに見るとぱっちりと目覚めるが、朝の爽やかさは欠片《かけら》も感じない。少し体を動かしてからの昼飯時か、仕事を終えて酒も飲める晩飯時に会うのがちょうどいい。

「しかし、あの人も遅くまで古狸で客の相手をしているのに、よく朝早くから来られるものだ。ちゃんと寝てるのかね」

友助は不思議そうに首を傾げた。

「そうですねぇ。よほどぐっすりと眠っているのか、あるいは……寒くなったら山に入って一気に眠るのかも。冬ごもりで」

「お前……義一郎さんのことを、ただの熊としか見てねぇな」

「何をおっしゃいます。ただの熊だなんてとんでもない。料理が作れる熊です」

「酷ぇな」

「力は強いが、それでいて猫が好きな心優しい熊でもある。それから、ええと……」

そんなものかな、と虎太が頭を捻っていると、たたたっ、と後ろから足音が近づいてきた。振り返る間もなく、猫三十郎が背中を駆け上がってきた。

「痛《い》てっ」

猫三十郎は虎太の肩を蹴って、正面であぐらをかいている友助の膝へ飛び移った。続けて忠が同じように虎太の背中を上ってきたが、こちらは途中で止まって、そのまま爪を立てて背中に張り付いた。

「お前、そこで休むなよ」

虎太は背中に手を回して忠を引き剝がした。床に置くと再び二匹の追いかけっこが始まった。

「ええと、何の話をしていたんだっけ……ああ、そうだ。義一郎さんのことだった。だけどそれははっきり言ってどうでもいい話です。そんなことより今は、子供の拐かしに関わっている野郎のことを考えなければ」

「ああ、腕に傷痕があるっていう男か」

ここまでに虎太が調べたことは、定町廻り同心である千村新兵衛の正体に繋がるものを除き、すべて友助に伝えてある。

「虎太がお喜乃さんという女の幽霊から捜すのを頼まれた、信吉という子供がいなくなった時も、それから植木屋の金兵衛さんの孫の甚太が攫われそうになった時も、そういう男が現れているみたいだな。同じ野郎だと考えて間違いないだろう」

「俺もそう思います」

それからもう一人、北本所表町にある飲み屋の親父も傷痕の男を見ている。市次郎の話に出てきた不審な死に方をした経師屋の男たちの中の一人の、勢助が傷痕のある男と飲んでいるのを見たという。勢助が死んだのはそのすぐ後だ。これは十年前の話だが、お喜乃の友人だった荒物屋のかみさんの話から、年回りが合っているのを確かめている。恐らくそいつも同じ男であろう。

――ううむ、十年前か……。

同じ頃に、やはり行方知れずになっている子供がいたことを虎太は知っていた。今まさに虎太がいるこの「神隠しの長屋」に住んでいた、おきよという女の子だ。その行方は今も分かっていない。

友助の家に入る前に、虎太はここの大家の八五郎に会っていた。おきよがいなくなった際に、腕に傷痕のある男がうろうろしていなかったか訊ねてみたのだ。しかし随分と前のことなので、さすがに八五郎は覚えていなかった。おきよの両親はもうどこかへ引っ越してしまっているので、この件については、傷痕の男が関わっているかどうかを知るのは難しそうである。

「とにかくまずはその男を見つけなければならない、と俺は思うのですが……」

甚太はまだ子供なので、男の人相風体までは覚えていなかった。信吉がいなくなった時にその場にいた荒物屋のかみさんも、男の傷痕のことは頭に残っていたが、その他のことはやはり忘れてしまっていた。

「腕の傷痕という手掛かりだけで、この江戸で一人の男を捜すってのは……」

かなり大変である。しかも思っている通りに子供の拐かしに関わっているような悪い男だったならば、日頃はあまり人目に付かないような暮らしをしているかもしれない。そうなるとなおさら見つけるのが難しくなる。

「しかしやるしかないだろう。他に手がないのだから」

「そうなんですけど、無理だろうなぁ」

「始める前から諦めてどうする。そんなことじゃ、また猫太と呼ばれるぞ。それでも俺や古狸の人たちから馬鹿にされるのはまだいい。そのうち忠や猫三十郎からも下に見られるぜ」

「ええっ、それは嫌だなぁ」

子猫たちの方へ目を向けると、一休みしているのか、それぞれが少し離れた場所に座って自分の体を舐めていた。

「仕方ない。明日からその男を捜し求めて江戸を歩き回りますよ」

「うむ。俺も屋根屋の仲間や、仕事先の家の人などに訊いてみる。傷痕の男の方はそうするとして、もう一人、虎太から聞いた話の中に気になる人物がいるんだよな」

「鎌鼬の七ですね」

木挽町にある曙屋という料亭に現れたというのは跡取り息子の狂言のようだし、千村新兵衛が関わっていることなので友助には伝えていない。しかしお喜乃の嫁ぎ先だった但馬屋から五両の金を盗んだのが鎌鼬の七だと噂されていること、そして虎太が泊まり込んでいる向島の寮の前の持ち主の店にある蔵に入り込み、かなり多くの金を盗んだのもこの盗人らしいと耳にしたことは話してある。

「俺も虎太と同じで、鎌鼬の七という男のことはほとんど知らん」

友助は首を傾げた。当然である。年は虎太より三つ上なだけなので、鎌鼬の七が名を馳《は》せていた二十年以上前にはまだ幼かったのだ。それに江戸にもいなかった。

「ただ話に聞いた限りでは、子供を拐かすような者ではないと思うんだよ」

「まあ、確かにそうなんですけどねぇ……」

傷痕の男が鎌鼬の七である、というのは考えづらい。その二人は別人だろう。しかしそれにしても妙に鎌鼬の七の名を聞く。この盗人も何らかの関わりがあると思えて仕方がない。

――それに……。

虎太は窓の外に目をやった。この長屋の隣には寺があり、その敷地に建っている大きな松の枝がこちらの長屋側にまで伸びている。

その松の木の陰に何者かが潜んでいることに虎太は気づいていた。闇に紛れてこちらの様子を窺っている。

もちろんそれは、目だけはやたらと利く虎太だから分かることだ。友助には見えていまい。

――あれは多分、千村の旦那の手下だな。

向島の寮で、虎太は千村新兵衛の配下の者に見張られていることに気づいた。そこで、そいつが寮の裏手に回った隙に逃げ出し、ここまでやってきた。うまく撒《ま》いたつもりだったが、しっかりと虎太を追ってきたようだ。さすがは千村に使われている男である。

――まさかあの旦那が悪事を働いているとは思えないが……しかし……。

千村から「鎌鼬の七には関わるな」と言われたことがどうしても気になる。何か裏があるように思えてならない。だから虎太が妙なことを嗅ぎつけないように、ああして見張りを付けているのではないだろうか。

「そろそろ俺は向島の寮に戻ります」

虎太は立ち上がった。子猫たちの方へ目を向けると、いつの間にか二匹とも眠っていた。

「その寮には幽霊が出そうな気配はないのだろう。それならわざわざ虎太が泊まることはない。今夜はうちで寝たらどうだ。暗い中を向島まで行くのは大変だから」

「いえ、今の寮の持ち主のご隠居さんから留守番を頼まれていますのでね」

それにここには、朝になると幽霊よりおっかないものがやってくる。義一郎だ。伯父が死んだと嘘をついているから、見つかったらまずい。

「友助さん、忠と猫三十郎のことをよろしくお願いします」

虎太はそう言って友助に頭を下げ、それから子猫たちを起こさないようにそっと部屋を出た。

二

虎太は重い足取りで金杉橋《かなすぎばし》を渡った。

古川《ふるかわ》の河口近くに架かっているこの橋のすぐ横は海である。しかし虎太は右手に広がるその雄大な眺めなどまったく目に入らなかった。足を引きずりながら、周りを行き来する人々だけを見ている。特に袖口の辺りに目を凝らしていた。

友助の家で腕に傷痕のある男を捜し歩くことに決めてから、今日で六日目である。初日は向島から南に向かい、本所や深川の辺りを回った。二日目は西を攻め、谷中《やなか》や巣鴨《すがも》を通って護国寺《ごこくじ》の方まで歩いた。三日目は義一郎やお悌、治平などに出くわさないかとびくびくしながら浅草や下谷の辺りをうろうろした。四日目は日本橋や神田の町々を捜し回り、さらに八丁堀《はっちょうぼり》の方まで行った。五日目は内藤新宿《ないとうしんじゅく》や青山《あおやま》へと足を延ばした。そして六日目の今日は麻布《あざぶ》や目黒《めぐろ》へと出向き、そこから品川《しながわ》へと回って芝《しば》まで戻ってきたところである。

足が棒になった。しかし例の男は一向に見つかる気配がなかった。

もちろん虎太は、ただ闇雲に歩いているわけではない。通り沿いにある店に立ち寄ったり、道端で世間話をしているかみさん連中に交じったりして、腕に傷痕のある男を知らないかと訊ねている。信吉がいなくなった時、男は大工のなりをしていたので普請場にも顔を出している。甚太の時は猪牙舟《ちょきぶね》に乗っていたそうだから船宿にも足を運んでいる。だが手掛かりはまったくつかめなかった。

虎太が泊まり込んでいる向島の寮の、前の持ち主が日本橋に店を持っていたと聞いているので、その辺りに行った時に探ってもみた。もちろん今はもう潰れて別の店に替わったことは分かっている。だから近所の人に訊ねて回ったのだ。しかし結局、新たなことは何も分からなかった。せいぜいそこが上州屋《じょうしゅうや》という屋号の店だったと知ったくらいだ。鎌鼬の七に盗みに入られたらしい、という噂については数人の者が「そんな話を聞いたような気がする」と言ったが、誰も信じてはいなかった。その近所では、あくまでも上州屋は商売が傾いて潰れただけ、ということになっていた。

その上州屋の主は故郷に帰ったという。中山道《なかせんどう》の高崎宿《たかさきしゅく》からさらに奥に進んだ辺りだと聞いた。さすがにそこまで調べに行くのは無理だ。

——さて、これからどうしたものかな。

宇田川町《うだがわちょう》の辺りまで歩いてきたところで虎太は立ち止まった。この後は新橋《しんばし》を渡って、尾張《おわり》町《ちょう》とか銀座町《ぎんざちょう》、木挽町などをうろうろする。そこを捜し終われば、江戸で家々が多く立ち並ぶ場所はだいたい歩いたことになると思う。

　もちろんこの六日間で見逃したところはたくさんある。それに男は町中ではなく、野中の一軒家のようなところに潜んでいるということも考えられる。もし今日この後も見つからなければ、明日からはもっと細かい場所まで捜さなければならない。

　面倒だな、と思いながら虎太は周りを行き交う人々から目を離して空を見上げた。もう日は沈んでしまい、空は茜色《あかねいろ》から濃い藍色《あいいろ》へと変わりつつある。

　——今日は終わりにして帰っちまうかな。疲れたし。

　それに、と顔をしかめながら虎太は素早く後ろを振り返った。建物の陰にすっと身を隠す者の姿がかすかに目に入った。

　千村の配下の男がずっと虎太の後をつけているのだ。たまに、妙に近づいてくることがあるので追いかけると逃げていく。どうやらこちらが気づいていると分かっているらしい。それでいて、ああして身を隠して虎太の行くところへついて回っている。かなり目障りだ。

　——恐らく、そうするように千村の旦那に命じられているのだろうが……。

　何を考えているのかね、あの御仁は、とうんざりしながら虎太は目を前へと戻した。

　——おや？

　通りの先の方に一匹の犬が見えた。多分、野良犬だろう。遠目にもみすぼらしい姿をしているのが分かる。それに、妙に痩せ細っている。まるで濡れているみたいだ。

　——あ、あれは……ぶ、ぶわ太郎。

いや、まさか、と思いながらも虎太は慌てて走り出した。

人々の間や建物の陰に見え隠れするぶわ太郎を虎太は追った。新橋を渡って少し進み、角を左に曲がる。加賀町《かがちょう》の角を今度は右に折れる。南鍋町《みなみなべちょう》まで来ると木挽橋の方へ曲がり、また元の通りに戻る。そんな感じで、虎太は右へ左へと振り回された。

前にぶわ太郎を追った時と同じだった。追いつきそうで追いつかない。見失いそうで見失わない。ぎりぎりのところで虎太を導いていく。

――どこへ行くつもりだ。

散々ぐるぐると引き回され、もういい加減にしてくれと思った頃にぶわ太郎は姿を消した。

虎太は辺りを見回した。そこは表通りから道を入った横丁だった。もうかなり暗くなっているので、近くに人影は見当たらない。

――もしかしたら腕に傷痕のある男の元へと連れていってくれるのかと思ったが……。

違ったようだ。そもそも、あれはぶわ太郎ではなかったのかもしれない。もし仮にぶわ太郎だったとしても、相手は犬で、しかも幽霊である。そう都合よく動いてくれるわけがない。

疲れただけだったな、と虎太は肩を落として横丁から出ようとした。その時、奥の家の戸がからからと開いた。

虎太は身構えた。例の男が現れるかと思ったのだ。

しかし家から出てきたのは、まだ若そうな男だった。虎太より二つか三つ年下に見える。捜している男とは違う。

続けて家から年寄りが出てきた。多分そこに住んでいる隠居だろう。もちろんこれも傷痕の男ではない。虎太は体から力を抜いた。

二人は家の前で挨拶を交わしている。どうやら何か用があって訪ねてきた若い男を隠居が見送っているところのようだ。

――せっかくだから、あの年寄りに訊いてみようかな。

この近くに例の男が住んでいる、なんてこともあり得なくはない。念のためだ。

虎太は路地の奥に進んだ。帰ろうとする若い男とすれ違う。

「……あれっ、虎太さんじゃねぇか」

驚いたことに、その若い男から声をかけられた。この年頃の者に知り合いがいたかな……と首を傾げながら虎太は振り返り、その顔をしげしげと見た。

やはり年は十七くらいだ。小柄だが俊敏そうな体つきをしている。顔つきは男前と言えなくもないが、どこか鼠に似ているような印象を受ける。

「……お、お前は……我が弟」

「誰があんたの弟だあああ」

若い男の声が横丁に響き渡った。古狸一家の三男坊、智三郎だった。

「へっ、そんなに恥ずかしがらなくてもいいんだぜ。それにしても驚いたな。あまり会わないから分からなかった」

智三郎は三軒並んだ古狸の真ん中にある菓子屋の主に収まることになっているが、まだ十七なので修業のため別の店に通っている。いつも帰るのは夜の四つ頃だ。虎太とは行き違いになることも多いし、たまに顔を合わせても黙々と晩飯を食らっている男なので、ほとんど言葉を交わしたことがない。それで気づけなかったのだ。

「それに、まさかこんなところにいるとは思わないし」

智三郎の修業先の菓子屋は浅草の田原町《たわらまち》にある。ここは木挽町の辺りだから、福井町にある古狸からだとまさに反対の方角である。

「ここで何をやっているんだい」

「へえ」

「お届け物だよ。あそこの家のご隠居は、修業先の旦那の知り合いなんだ。若い頃に世話になった人らしい。それで、たまにうちで作った菓子を届けているんだよ」

「おいらは今日、その使いでここまで来たってわけだ。それよりも……」

智三郎は訝しげな表情で虎太をじろじろと見た。

「虎太さんの方こそ、こんなところで何をやっているんだい。親戚の伯父さんが亡くなったからいったん故郷に戻った、と姉ちゃんが言ってたんだけど。弔いだの何だのとあるから、しばらくこちらには帰れないって話だったような……」

「ああ、い、いや、それは……」

虎太は慌てた。まずい。お悌に嘘がばれてしまう。何とか誤魔化さなければ。

「それは、その……い、生き返ったんだ」

「はあ？」

「もうびっくりよ。可愛がっていた甥《おい》っ子《こ》が帰ってきたから、それで息を吹き返したのかな。俺が慌てて駆けつけたら、ぱっちりと目を開けて布団から起き上がったんだ。それで『おう虎太、遠いところまでご苦労だったな。せっかくだから俺が美味いものを拵えてやる』とか言って、伯父さん、きびきびと動き出しちゃってさ」

　智三郎は眉根を寄せた。疑いがますます深くなったようだ。

「で、伯父さんの作った飯を食っていたら、今度は『お前はまだ一人前の職人になるための修業中だ。さっさと江戸に戻れ』なんて言い出して。俺の親父とお袋も、その通りだと頷いてね。そんな感じで着いた早々に追い返され、ちょうど今、江戸に戻ってきたところなんだよ」

「……嘘だろう」

「ほ、本当だよ。試しに俺の故郷に行ってみな。伯父さん、間違いなく生きているから」

「そりゃそうだろうよ。おいらが言っているのは、亡くなったってのが嘘ってことだ」

「い、いや……」

「だいたい、死んだという知らせを出して、そこから虎太さんが故郷に着くまでには何日もかかるはずだ。それまで布団に寝かせておくもんかい。伯父さん、腐っちまうよ」

「ううっ」

　さすがに騙されなかったか。

こうなったら仕方がない。かくなる上は……拝み倒すしかない。虎太は智三郎に向かって手を合わせながら頭を下げた。

「す、すまない。確かに俺は嘘をついてしまった。しかしそれは、深い事情があってのことなんだ。他の人たちにはどうか内緒に……」

「それだとおいらも嘘つきの片棒を担ぐことになっちまう。兄ちゃんたちはともかく、姉ちゃんに嘘をつきたくはないなぁ」

「そこを何とか。そもそもこれは、古狸で聞いた怪談から始まっていることなんだ。それを調べているんだよ」

「だったら内緒にすることなんかない。兄ちゃんや姉ちゃんにちゃんと告げて、堂々と調べればいいだけの話だ」

「いや、そうなんだけどよ……」

一日や二日ならともかく何日も仕事を休むことになりそうだったから、修業先の親方には当然のように嘘をつくとして、古狸一家の者や治平たちにまで同じことを言ったのは、もしかしたらこの件が千村新兵衛に繋がっているかもしれないと考えたからである。

兄貴分の友助はこちらが「言いたくない」ということは深く訊いてこない男だ。義一郎やお悌もそうだろう。しかし礼二郎や治平、佐吉はどうだろうか。怪しいことが起こったと思われる向島の寮にわざわざ自分から泊まりに行くのはどういうわけだ、と根掘り葉掘り訊いてきそうな気がする。うまく誤魔化せればいいが、うっかり千村の正体をばらしてしまう、なんてことが自分ならありそうだ。だから、それを避けるために内緒で動いているのである。

――この智三郎を黙らせるには……。

虎太は智三郎の顔を眺めた。すると智三郎はすっと目を逸らして空を仰いだ。

「ああ、何か腹が減っちまった」

美味いものが食いたいなぁ、と呟きながら、智三郎はちらっ、ちらっ、と虎太を見始めた。

なるほど、と虎太は頷いた。口止め料として食い物を求めているのだ。

「どこかそこら辺の団子屋さんにでも行こうか」

「虎太さん……おいら菓子屋の人間だぜ。そんなものをありがたがると思ってんの？」

「そ、それなら近くの蕎麦屋にでも入って……」

「うちで年中食っているからなぁ」

「だったら鴫焼でも食いに一膳飯屋へ……ああ、これも駄目だ」

手頃な値で食えそうなものがことごとく潰される。古狸恐るべし、である。

くそ、鴫焼は俺が食いたかったのに、と悔しがる虎太の耳に「たまには値の張る料理が食いたいなぁ」という智三郎の声が入った。

「いや、俺も懐が寂しいし……」

「それじゃあ内緒にするのは諦めてもらうしかないね」

智三郎は歩き出した。遠ざかりながら、聞こえよがしに不穏なことを言う。

「本当のことを知ったら、兄ちゃんたちや姉ちゃんはどう感じるだろう。聞いた怪談について調べているってのも嘘だと思うんじゃないかな。黙ってこそこそしているってことは何か後ろめたいことがあるに決まっている、実は女ができて、そこへ通っているのではないか……なんて考えるかも。まあ、うちの姉ちゃんはそんなこと気にしないだろうけど」

「ちょ、ちょっと待ったぁ」

　虎太は大声で智三郎を呼び止めた。にやり、と笑みを浮かべて智三郎が振り返った。

「……どうもご馳走様《ちそうさま》。いやぁ、食った食った。やっぱりこういう立派な料亭で出される料理は美味いね」

　自分の腹を叩きながら、智三郎が満足げに言った。

「うちの兄ちゃんたちが作ったのも十分に美味いけど、なんて言うか、力業なんだよね。ここの料理は細やかさが違う」

「う、うむ。そうだな。俺もそう思うよ」

　虎太は頷きながら、自分の膳にある料理を口に運んだ。懐だけでなく舌までも貧乏なので味の細やかさなどこれっぽっちも分からなかった。古狸より薄味だ、と感じただけである。

「それにしても、まさか虎太さんがこんな料亭を知っているなんて驚きだよ」

「あ、ああ。まだ修業先に通っているとはいえ、それは御礼奉公だからな。もう俺は一人前の男だ。それならこういう店の一つや二つ、知ってなきゃいけない。一人前の男ってのは、そういうものなんだよ」

「ふうん、そうなのか。大したもんだ。姉ちゃん目当てにうちに通ってくる、ただの貧乏野郎だと思っていたけど違ったんだ。おいら、虎太さんのことを見直したよ……ところで、『猫飼われの虎』って何？」

「うっ、それは……」

二人がいるのは木挽町にある料亭、曙屋だ。店主である父親は昔、自らが犯した罪を蝦蟇蛙の吉になすり付けたと思われる。そして跡取り息子はついこの間、こっそり貢いでいる女のために店の金を盗んで鎌鼬の七のせいにしたようだ。その似たもの親子がやっている料亭である。

虎太は今日もここへ、千村新兵衛の配下の者でござる、という顔で入っている。智三郎は見習いの若者ということにした。店の金がなくなった件についてまた話を聞きにきた、という体である。そのついでに飯を食いに来たので支払いは千村様に、と伝えたところ、お代は結構という返事が来た。ここまでは思惑通りだった。

しかし体裁を保つために二つ三つ適当なことを店主の喜十郎に訊ねていた際に、虎太は「猫飼われの虎さん」と呼ばれてしまった。智三郎は少し離れたところにいたのだが、しっかり耳に入れていたらしい。

これは誤算だ。そこから千村との繋がりがばれてしまったら大変である。

「……そ、それは、猫代わりの虎、と言ったんじゃないかな。きっと俺のことをその名の通り、虎のような男だと思っているに違いない。それで猫のように大人しい奉公人ばかりじゃなく、代わりに俺のような、虎みたいな男を雇いたいと店主は考えて……」

「ふうん。よく分からないけど、そういうことでいいや」

「そ、そうか」

さっき嘘を誤魔化そうとしたのと同じくらい酷い言いわけだと思ったが、これについての追及はしないらしい。とりあえず難は逃れた。

「それより、腕に傷痕のある男について話さなきゃ」

「ううっ」

一難去ってまた一難。空腹が満たされれば追及は緩むのかと思ったが、違ったようだ。

料理を食べながら、虎太は例の男のことを智三郎に話した。実は女ができたのでは、という邪推を打ち消すためだ。もちろん千村新兵衛に繋がりそうなことは除いている。その点は友助に対してと同じである。

「子供を拐かすなんて、とんでもなく悪いやつだ。虎太さん、何としてもそいつを見つけないと駄目だよ」

「それは俺も分かっているが、これが大変なんだよ。ただ歩くだけでいいなら、江戸は案外と狭いのかもしれない。どこからでも、四半時も歩けば田畑や雑木林が広がる場所に出る。ところが一人の男を捜し出そうとすると、やけに広く感じるんだ。人も多いしね。俺はこの六日間、それこそ足を棒のようにして歩き回ったが、手掛かり一つ得られなかった」

「途中にある店や家の人に訊ねたりしているのかい」

「もちろんだよ」

「ふうん」

　智三郎は言葉を止め、顔を天井に向けて何やら考え事を始めた。まだ十七の若者が思いつくことなんてどうせ碌なことじゃないだろう、と思いながら虎太は大して年の変わらない智三郎の様子を眺めた。

　しばらくすると智三郎は顔を虎太の方へと戻し、にやり、と笑みを浮かべた。思った通り碌なことじゃなさそうだ、と虎太は体を硬くした。

「虎太さん、訊ね方が甘いんじゃないのかな」

「どういうことだ」

「腕に傷痕がある男を知らないか、とだけ訊いているんじゃないの」

「当然だろう。そういう男を捜しているんだから」

「そうじゃなくて、子供の拐かしについても匂わすべきなんだ。もっと言うなら、『久松町の裏店に住んでいる虎太という者が、信吉と甚太の件について聞くために、腕に傷痕のある男を捜している』みたいな噂を流してもらうように頼んで回るべきなんだよ。店にそういう貼り紙をしてもらうのもいいかもね。噂が広まりやすいように『男を見つけた者には礼金を差し上げます』とか付け加えてさ。だけど、拐かしについてあからさまに言ったり書いたりしちゃうと相手が逃げてしまうかもしれないから、あくまでも匂わせるだけにしないといけない。つまりさ、虎太さんの方が捜し回るんじゃなくて、向こうから会いに来たくなるように仕向けるんだ」

「お、お前、なんて恐ろしいことを」

そいつは十年前に、経師屋の勢助を殺したかもしれない男だ。同じ店に勤めていた他の者たちも死んでいるが、それもそいつの仕業だと思われる。多分、向島の寮で拐かしに関わる何かを見たために口を封じられたのだ。智三郎が言っているのは、その時みたいに、相手が自分を殺しに来るように仕向けろ、ということである。

「これまでの虎太さんのやり方は大人しすぎる。もっと思い切ってやらないと。猫じゃなくて虎にならなきゃ駄目だよ。まさに猫代わりの虎だ」

「し、しかし……」

「まさか、怖いのかい」

「そ、そんなことはないさ」

いや、怖い。そして気味が悪い。

虎太自身これまでに二回、悪人を嵌めたことがある。分かっているだけで三人は女を殺している男と、蝦蟇蛙の吉という稀代の凶賊の頭目だ。

だが、この二回とも虎太の方から連中に会いに行っている。ぎりぎりまで、相手は虎太が自分の正体に気づいていると知らなかったのだ。

ところが今の智三郎の案だと、虎太の方が「待つ」立場になる。相手がいつ、どのように現れるか分からないというのは気味が悪い。それに腕の傷痕を隠されてしまうと、そいつが例の男だと虎太は気づくことができない。知らないうちに命を取られる、なんてこともあり得る。また、寝込みを襲われることも考えられる。これは怖い。

「そんなことはないけど……もう少し何か、別のうまい手があるんじゃないかな」

「これでいいと思うよ。楽だし、しかも我が身を顧みない男らしいやり方だ。うちの姉ちゃんもきっと感心するよ。その名の通り、虎のように勇敢な人だったのねって」

「えっ、本当か」

お悌にそう思われるのなら、やるしかない。矢でも鉄砲でも、人殺しでも持ってこい、といったところだ。

「よし、それならすぐに始めよう。まずはここら辺にある店を回ることにするぞ」

まだ膳の上に残っていたいくつかの料理を慌てて口に放り込み、虎太は急いで立ち上がった。

三

虎太は本郷《ほんごう》にある一膳飯屋で、顔をしかめながら酒を飲んでいる。

古狸に行くわけにはいかないので、この数日は腹が空《す》いたら適当に目についた店に入っていた。味はどこも似たようなものだ。古狸と比べても大きな違いはない。しかしお悌がいないという一点で、どの店もはるかに下だった。もし古狸よりましなところがあるとすれば、好物の茄子が注文できることくらいだ。

ところがこの店では今日、たまたま茄子を切らしていた。足を踏み入れてしまったのだから仕方がないと鴫焼の代わりに豆腐の田楽《でんがく》を注文したのだが、どうにも面白くない。それでいつもなら一杯だけと決めている酒も追加で頼み、不機嫌な面でそれをぐいぐいと飲んでいるところである。

——参ったよなぁ。

虎太が顔をしかめているのには、もう一つわけがある。智三郎が考えた作戦を行なうようになって三日が経つが、今頃になってとんでもないことに気づいたのである。

この三日間、あちこちの店に立ち寄って、腕に傷痕のある男を虎太が捜している、という話を世間に広めてくれと頭を下げて回っている。許されれば貼り紙もした。

屋根葺き職人の友助にも頼んでいる。同様のことを普請場で話してくれているらしい。それから植木屋の隠居の金兵衛や、経師屋の与三郎などにも手伝ってもらっていた。

しかし誰よりも頼りになるのは、井戸端でぺちゃくちゃと喋っているかみさん連中だ。噂話をするために生きているんじゃないかと思えるくらいその手のことが好きだから、特に頼まなくても勝手に話が伝わっていった。お蔭で虎太は、わずか三日でもだいぶ噂は広まっていると感じていた。

だが、そうなると困った点があると気づいてしまった。噂が古狸一家の者や、治平など店の常連の耳にも入るかもしれない、ということだ。虎太が江戸にいると分かってしまう。

虎太が智三郎の案に賛同したのは、お悌に感心されたいからである。しかしそのためには、お悌もその案の内容を知っていなければならない。つまり虎太のついた嘘がばれる、ということだ。もしかしたらそのせいでお悌から嫌われてしまうかもしれない。間抜けな話だ。

――やっぱりやめておけばよかった。自分でも俺は阿呆だとつくづく思うぜ。

虎太はむすっとした顔で酒を一気に呷《あお》った。空になったので店の親父にもっと持ってくるように頼む。

「……お兄さん、あまり飲みすぎるとよくありませんよ」

虎太から少し離れた、小上がりの座敷の隅の方にいた客が窘めるように言った。三十代半ばくらいの年の、お店者《たなもの》といった風情の男だった。身なりも座り方もきちんとしている。こんな安酒を出すような一膳飯屋にはそぐわない気がしないでもない。

「ほっといてくれ」

虎太は乱暴な口調で返事をし、店の親父が運んできた銚子《ちょうし》をひったくった。盃《さかずき》に酒を満たし、再び、ぐいっと呷る。

「……何か嫌なことでもございましたか」

お店者風の男は自分の銚子と盃を持って立ち上がり、ゆっくりと近づいてきた。虎太の前にのんびりとした動きで座る。

「だったら私も止めることはいたしません。確かに酒の力を借りてすべてを忘れるというのも一つの手です。明日という日は必ずやってきます。それなら、嫌な思いを引きずりながら朝を迎えるより、すっきりとした気分で目覚めた方がいい。面白くないことがあった日は、酒を飲んでさっさと寝てしまうのも決して悪いことではありません」

男はそっと左腕を伸ばし、虎太の盃へ自分の銚子から酒を注いだ。

「おっ、すまないねぇ……あんた、この近くの店の番頭さんか何かかい」

虎太が訊ねると、男は「そんなところです」と頷いた。

「こんな店に来るような人には見えないが」

「私は綺麗な女が酌をしてくれるような料理屋なんかより、こういう飲み屋の方が好きなんですよ。職人や振り売りたちがとりとめのない話をしながら愚痴をこぼすのを耳にしつつ、酒をちびちびと飲むのです。世の中のことがよく分かりますよ。老いも若きも、職人もお店者も持っている悩みに大した違いはありません。人付き合いか、金かです。お年寄りの場合、あっちが痛いだのこっちが動かないだのと体の具合について言う人も多いですが」

「そんなものなのかな」

俺の悩みも、詰まるところお悌ちゃんのことだ。これも人付き合いに入るだろう。

しかしもう一つ、正体の分からない男から襲われるかもしれないという悩みもある。これもやはり、人付き合いの悩みということになるのだろうか。

ううむ分からん、と首を傾げ、虎太はまた酒を呷った。酔いが回り始めているせいか、頭がうまく働かない。

「深く考えることはありませんよ」

男がまた左腕をそっと伸ばし、虎太の盃に酒を注いだ。

「悩んでいる当人にとっては大事でも、傍《はた》から見ればどうでもいいことなのです。なぜならそんな悩みは世の中にいくらでも転がっているのですから。みんな似たような悩みを抱えながら、さほど変わらない一日を繰り返していくのです。そうして年を取っていき、やがて亡くなる。金持ちも貧乏人も同じだ。人の一生なんて大したことはないのだな、と思います。だから、嫌なことは酒を飲んで忘れてしまえばいいんですよ」

「ふうん」

誰かに殺されるかもしれない、と悩んでいる人もたくさんいるのか。知らなかった。

虎太は少し気分がすっきりした。一方で、頭の方はかなりぼうっとしてきた。これ以上飲むと危ないかもしれない。しかしそれでもいいや、と男が注いでくれた酒を遠慮なく飲んだ。

「……先ほど、明日という日は必ずやってきますと申しましたが、これは広い目で世の中を見渡した場合の話でしてね。一人の人間としてなら、亡くなれば明日はやってこない。しかしそれも悪くない気がします。くだらない悩みから解き放たれるのですから」

「なるほど、確かに悪くないな」

虎太は男に向かって、自分から盃を差し出した。男はにやりと笑い、右腕を使ってそこへ酒を注いだ。その際、袖口からちらりと傷痕のようなものが覗いたが、虎太は気にしなかった。

そんなことより今は酒である。飲んで、すべてを忘れるのだ。

虎太は夢を見ていた。

花の咲く、綺麗な草原に立っている。少し先の方は霧があって見えないが、草原がどこまでも続いているように感じた。

目の前には透き通った水の流れる小川がある。これは三途《さんず》の川だな、と何となく思った。きっとここを渡ればあの世なのだ。

霧の向こうに大きな影が見えた。こちらへとやってくる。多分、お迎えだ。黄泉《よみ》の国への案内人がやってきたに違いない。どんな人があの世へ連れていってくれるのだろうか、と考えながら虎太はその影を見守った。

やがて霧の向こうから、その影の正体が姿を現した。

――ええ？

人ではなかった。一頭の熊だった。

びっくりした虎太は、その場に尻餅をついた。熊はまっすぐに虎太へと近づいてくる。

――し、死んだふりをしなければ。

虎太は草原に寝転がった。息を止め、きつく目を閉じる。

熊がすぐそばまで来た気配がした。周りをうろうろしているようだ。頼むからどこかへ行ってくれ、と虎太は心の中で何度も呟いた。

しかし願いは天に届かなかった。熊の体が虎太に触れたのだ。く、食われる、と虎太は体を硬くした。

熊の息が虎太の耳の辺りにかかった。ああ、俺は頭から食われるのか、と虎太が思った時、熊の野太い声が耳に入ってきた。

「……虎太さん、朝よ。起きてちょうだい」

「どええぇ」

　虎太は飛び起きた。

　慌てて周りを見回すと、すぐ横に義一郎の顔があった。また「どええぇ」と悲鳴を上げる。

「朝っぱらからうるさい野郎だな」

　義一郎が呆れたように言って少し離れた。虎太はほっとしながら、改めて今いる場所を見回した。

　久松町にある自分の長屋の部屋ではなかった。もっと広い。しかし汚いのは似たようなものだ。やたらと物が散らばっている。割れた皿や銚子、盃などだ。膳も転がっている。食い物の欠片もあちこちに落ちている。

「ええと、ここは……」

　思い出した。本郷にある一膳飯屋だ。自分はそこで晩飯を食いつつ、酒を飲んでいたのだ。

「……どうしてここに義一郎さんがいるんですかい？」

　今は朝のようだ。それなら義一郎は、猫たちの餌を届けに友助の家へ行っているはずである。

「てめえ、何も覚えてねぇのか」

「いや、この店に入ったのは覚えています」

「その後だよ。ここの有り様を見れば思い出すだろう。お前がたまにやることだ」

　虎太はまた店の中の様子を見た。すると奥からここの店主の親父が出てくるのが目に入った。

親父はやけに不機嫌そうな顔をしていた。それに、体が痛そうだ。目の下の辺りに青痣ができているのも見える。

――そういえば、俺もあちこちが痛むな。

頭もがんがんする。これは多分、二日酔いのせいだ。

「ははあ、なるほど。分かりましたよ。この店で暴れたんですね、俺が」

虎太は酒癖が悪いのである。酔っ払うと泣きながら暴れたり、なぜか周りの者に謝ったりするのだ。

「そういうことだよ。どうやらお前、自分のことを周りの人たちに告げて、泣きながら謝って回ったらしいぜ。汚い長屋に住んでいてごめんなさいとか、俺みたいなのが古狸の看板娘に惚れてしまって申しわけない、とか」

「うわあ……」

虎太は顔を赤らめた。ちょっと恥ずかしい。

「檜物職人になるために修業をしていたが、取引先の若旦那を仙台堀に蹴落として店を追い出されたことがある。だけどこれは謝らねぇぞ、と叫んで、そこからは暴れ始めたそうだ」

よかった。それは間違ってても謝りたくない。

「それが昨夜の、だいたい五つくらいかな。あまりにも暴れるから、困った親父さんがうちに使いを寄こしたんだ。お前が古狸の名を出していたから、もしかしたらと思ったそうだ。一応、同業者だからうちの店のことを知っていたんだよ。で、仕方ないから礼二郎にうちの店のことを任せて、俺がお前を迎えに来たってわけだ」

「はあ、そいつは申しわけない」

「俺が駆けつけた時にはもう、この店の中は今のような酷い有り様だった。親父さんや他の客がお前を止めようとしていたんだが、手に負えない様子でね。そこで俺が割って入り、お前を壁へ向かって投げつけた。その際にお店者風の男が脚を伸ばして引っかけたから、お前は頭から壁に突っ込んでいって……」

「ああっ」

虎太は叫んだ。昨夜、そのお店者風の男から酒を勧められたのを思い出したのだ。酔いが回って正体を失う寸前、袖口から傷痕が覗いたことも、ぼんやりとだが覚えている。

「その男はどうしましたか。お店者風の男です」

「さあな。俺はお前を押さえるのに夢中だったから分からん。親父さんは覚えていますかい」

義一郎が店の親父に訊ねた。しかし親父は不機嫌そうな顔のまま首を横に振った。

「知らねぇよ。いつの間にかいなくなっていた」

「どこに住んでいるか分かりますか。この近くの店の番頭さんか何かかもしれないんですが」

虎太の問いに、また親父は首を振った。

「知らないな。初めて見る客だ。近くの店にも、あんな人はいないと思うがなぁ」

「ちっ」

どうやらあの男の話はすべて嘘だったようだ。大工だったり船頭だったり、お店者になったりと忙しい野郎である。

　男は虎太を殺しに来たのだ。へべれけになるまで酔わせておいて、帰る途中を襲うつもりだったに違いない。経師屋の勢助を殺したと思われる時と同じやり方だ。

　だが虎太はあまりにも酒癖が悪すぎた。それに義一郎という熊のような男が迎えに来たこともあり、諦めて退散したのだろう。

　お蔭で虎太は助かったのだ、と言えるわけだが、少々残念な気もした。やっと姿を現したのに、また見失ってしまった。

「……まあ、お店者じゃあ逃げ出すのも無理はないな」

　何も知らない義一郎が、当然だという風に頷いた。

「あんな風に暴れる男を初めて見たんじゃないかな。それなら逃げても不思議はない。何しろ昨夜は、何度か見ている智三郎まで逃げたからな」

「智三郎……も一緒にここへ来たんですかい」

「あいつが修業先の菓子屋から帰ってきたちょうどその時に、ここからの使いの人が現れたんだ。それで一緒に連れてきたんだよ。お前を二人がかりで止めようと思ってな。ところが、智三郎のやつもいつの間にかどこかへ姿を消してしまっていた」

「ううむ……」

　ちょっと引っかかる。智三郎は腕に傷痕のある男が子供の拐かしに関わっていることを知っているのだ。もしあのお店者風の男の腕を見たのだとしたら……。

「それで、智三郎はその後どうなりましたか」

「少ししたら戻ってきた。いや、だいぶ経っていたかな。半時近く後かもしれない。いくら壁にぶつけても起き上がってくるお前が、ようやく大人しくなった頃だから」

　虎太は胸を撫で下ろした。何事もなかったようだ。

「お前は一晩ここに泊めてもらうことにして、俺と智三郎はいったんうちに帰った。そして今朝になってまた俺が迎えに来たというわけだ。お蔭で忠と猫三十郎の顔を見に行けなくなっちまった。友助さんの家にはお悌と智三郎が行ったよ。まったく冗談じゃねぇぜ。俺の毎朝の楽しみを……」

　顔に袖を当て、義一郎はううう、と泣き崩れるような仕草をした。それからぱっと顔を上げ、虎太をじろりと睨みつけた。

「ところで虎太……お前、どうして江戸にいやがるんだ。伯父さんが亡くなったから、故郷に戻ったはずじゃなかったのか」

「えっ、いや、それは……」

「まさかお前、嘘をついたんじゃないだろうな。俺に対してはともかく、お悌にまで」

「ち、違いますよ。俺はちゃんと故郷に帰ったんだ。そうしたら……い、生き返った」

「ああ？」

「俺が顔を覗かせたら、伯父さん、動き出しちゃって」

「そうか、それじゃあ仕方ねぇな……なんて言うわけねぇだろうがっ」

「ひいいぃ」

本郷の町に、義一郎の怒声と虎太の悲鳴が響き渡った。

四

数日後の夜、虎太は小石川《こいしかわ》御薬園《おやくえん》からほど近い場所にいた。

そこは旗本屋敷が集まっている土地だった。用がないので、虎太は今までこんな場所に足を踏み入れたことはなかった。

それがなぜ今はいるのかというと、智三郎が原因である。あの晩、やはり智三郎は腕に傷痕のある男の後をつけていたのだ。結局は見失ってしまったのだが、それがこの辺りらしい。多分どこかの屋敷に入ったのだろう、というのが智三郎の考えだった。

――まったく怖いもの知らずだな。

その男が人殺しであるらしいことを智三郎は知っている。危ない目に遭うかもしれないと分かっているのに、よくもまあ、そんな無茶な真似ができるものだ。こんな無手法《むてっぽう》なやつは見たことがない。そのうち何かしでかして、修業先を追い出されたりするんじゃないだろうか。例えば取引先の馬鹿旦那を堀に蹴落とすとかして……。

だがその智三郎のお蔭で、捜す場所を絞り込むことができたのは事実である。今回、男は虎太に顔を見られてしまった。だから、またすぐに襲ってくる、ということはないだろう。ほとぼりが冷めて虎太が油断するようになるまで、どこかで大人しく隠れているはずだ。そのため、再びこちらから捜す必要があった。

　これまで虎太は町家の立ち並ぶ、浅草とか神田とかいった町人が住んでいる土地しか回っていなかった。男が武家屋敷にいるなどとは思いもよらなかったのだ。もし智三郎が男の後をつけていなかったら、今頃は見当違いの場所をうろついていたに違いない。

――だが、ここから先も難しいんだよな。

　さすがに旗本屋敷ともなると、これまで、通りにある店でしていたように「ちょいとお訊ねしますけど」などと言って気安く立ち寄ることはできない。外から覗こうにも、瓦の載った立派な高い塀に囲まれていて中を窺うのは無理だ。その塀のせいもあり、また一つ一つの屋敷が広いこともあって、町人たちが住んでいる土地と比べて夜がいっそう暗く感じられる。それに所々にある辻番所《つじばんしょ》も邪魔だ。虎太のような者がふらふらしていたら見咎められるに決まっているから避けて歩いているが、そのお蔭で似たような場所をぐるぐる回らされている気がする。

――これは、無理だな。

　こんな場所に潜んでいる男を見つけるのは、虎太には厳しそうだ。忘れた頃にまた相手が殺しに来るのを待つしかない。

――だけど、本当に忘れちまうからな、俺は。

　そうなったらひとたまりもない。虎太は戸締まりなんて考えたところでどうしようもない、ちょっと蹴れば外れてしまうような戸板が申しわけ程度に嵌まっているだけの貧乏長屋の住人である。寝込みを襲われたら終わりだ。

——引っ越した方がいいかな……。

しかし金がないから、似たような長屋に移るだけになる。相手だって虎太の顔を知っているわけだし、恐らく向こうがこちらの行方を捉えるのは容易だろう。逃げても無駄だ。

つくづく、智三郎の野郎は碌でもない案を出してきたものだと思う。さてどうしたものかな、と虎太は心の中で溜息をつきながら天を仰いだ。

——うっ……。

目の端に何かが見えた。暗い夜空を背にして、なおいっそう黒い人影が塀の上を駆けている。中腰の姿勢であることを考えると、かなり速い動きだ。それでいて足音は一切聞こえない。夜目がやたらと利く虎太だから分かったが、そうでない者なら気づくことはあるまい。

驚きながら目で追っていると、虎太が立っている場所から少し先で、人影は塀の向こう側へと姿を消した。屋敷の敷地内に飛び下りたようだが、その際にもまったく音を立てなかった。

——ゆ、幽霊？

いや、違う。あれは生きている人だ。これまで何度もその手のものに出遭っているから、何となく気配で分かる。

だが、それにしてはあまりにも動きが滑らかで、静かだ。とても人間業とは思えない。

——ううむ。

そんなことができる者に、虎太は一人だけ心当たりがある。今回の件を追っている間にやたらとその名が出てくる、例の盗人のことだ。手口が鮮やかすぎて金を盗まれたことにすら気づかないこともあるという、あの稀代の盗人なら今のような動きができても不思議はない。

年の違いから、あの盗人と傷痕の男が別人であることは分かっている。しかしこれほどまでにその名を聞くのだ。今回の件にまったく関わりがないとは思えない。

――それに……。

虎太は慎重に辺りを見回した。誰かがこちらを窺っていないか確かめたのだが、そのような者の姿は目に留まらなかった。気配も感じられない。

虎太が旗本屋敷の並ぶこの辺りを探るようになったくらいから、千村新兵衛の配下の者は姿を見せなくなっていた。あの同心の旦那も何を考えているのか分からなかった。

――確かめるしかないよな。

気づかれないように盗人の後をつける、なんてことは難しいに決まっている。しかし智三郎だって傷痕の男をこっそりつけていったのだ。負けていられない。

虎太は塀際に身を寄せ、あの人影が再び姿を現すのを待った。

塀の上にひょっこりと黒い人影が現れた。屋敷の内側に姿を消してからかなりの時が経っている。何をやっていたのだろうか、と虎太は首を伸ばしてその姿を見た。暗くてはっきりとは分からないが、手に何か持っている様子はない。盗みを働いたわけではなさそうだった。

人影が、最初に姿を見せた時のように低い姿勢を取りながら塀の上を動き出した。驚いたことに、虎太のいる方へと向かってくる。

虎太は慌てて首を引っ込め、塀にぴたりと背をつけた。上に葺いてある瓦が少し迫《せ》り出しているので、そうすればこちらの姿は見えなくなる。

盗人は足音をまったく立てなかった。気配で探ることはできない。

虎太は息を殺し、こちらを気取《けど》られないようにした。

そのままじっとして、間違いなくもう通り過ぎたはずだ、という頃になってから虎太はまた首をそっと伸ばし、盗人が向かっていった方を覗いた。塀の上には何者の姿もなかった。

反対の方へも目を向ける。こちらにも人影は見えなかった。

——すげぇな。

あっという間に消えてしまった。さすがに名うての盗人だけのことはある。やはり俺ごときが後をつけるのは無理なのか。

虎太は塀のそばを離れた。そして、がっくりと肩を落としながら後ろを振り返った。

「うげっ」

思わず妙な声を漏らしてしまった。男が塀の上にいたのである。虎太が身を潜めていた場所のすぐ真上だ。のんびりと腰を下ろし、虎太の様子を眺めている。

「よう」

虎太と目が合うと、男はそう言って笑みを浮かべた。低くて小さな声だったが、どこか楽しそうな響きを含んでいた。

「か、かかか、かかかかか」

「落ち着け。それと声を抑えろ」

男は人差し指を伸ばして口の前に立てた。

「かかか、か、鎌鼬の七だな」

虎太が訊くと、男は「うむ」と頷いた。

「お、俺がいたことに気づいていたのか」

「初めからな」

「意地が悪いな」

それなら先に挨拶してから屋敷に忍び込んでくれればいいのに。無駄にびっくりしちまった、と思いながら虎太は鎌鼬の七の姿をまじまじと見た。

盗人をしているくらいだから体は小柄だ。年は五十くらいか。前に会ったことはない。

「お前は……虎太だな」

「な……なぜ俺の名を」

またびっくりしながら、虎太は必死に考えを巡らした。どうして鎌鼬の七が自分のことを知っているのか。

「あんた、やはりあの傷痕の男の仲間……いや、それは違うな」

多分、鎌鼬の七が忍び込んだこの屋敷こそ、あの男が隠れている場所なのだろう。しかし仲間ならこうしてこっそり忍び込むことはない。それなら、たまたま盗みに入ったところに自分が出くわしただけなのか。いや、それも話が出来すぎている。

それにこの盗人は、向島の寮の前の持ち主だった上州屋の蔵にも忍び込んでいるはずだ。恐らく上州屋は傷痕の男の仲間である。そいつから大金を盗み取っているのだから、鎌鼬の七が連中とつるんでいるということはない。

「ううむ、分からん。だがあんたほどの者に名を覚えられるってのは、決して悪い気分じゃないな。俺も捨てたもんじゃない」

いやあ参ったな、と虎太は頭を掻いた。

「呑気《のんき》な野郎だ」

「ほっとしたから、つい軽口が出ちまったんだよ。あんたが連中の仲間だったら、俺は今頃、殺されていたかもしれないからね。ついさっき、あんたが俺のすぐ真下にいたのだと分かった時には、思わず小便が漏れそうになっちまったよ」

鎌鼬の七は、ふふ、と笑った。

「ああ、思った通りだ。そんなことまで知っているってことは、あんた、千村の旦那と繋がりがあるだろう」

「ほう、もしかして鎌をかけたのかい。阿呆なふりをして」

「鎌鼬の七が相手なだけにね」

どうだ、とばかりに虎太は胸を張った。

「ううむ、大してうまくもないことを自慢げに言うあたり、やはり阿呆にしか思えねぇが……、しかし決して頭の働きが悪いわけではなさそうだ。それなら訊くが、俺と千村の旦那の間にどんな繋がりがあると思うんだ」

「それは……もちろん盗みに関わることだろう。あんたが盗みに入るのを見逃す代わりに、千村の旦那はその上前をはねているんだ。その金で団子を食っているってわけだな」

「うん、間違いなくお前は阿呆だ」

鎌鼬の七は、はああ、と息を吐き出しながら大きく首を振った。呆れている様子だ。

「俺はね、半年前から……いや、もっと前だな。もう九ヵ月くらい経つだろう。それくらい前から、子供を拐かしていた連中を探っていたんだ。あちこち歩き回ったよ。時には江戸を離れることもあった。そんな苦労をして、ようやく連中の仲間がこの屋敷に出入りしていることを突き止めたのは、ほんのひと月半ほど前のことでね。かなりかかっちまった。ところが虎太、お前は俺よりもはるかに短い間で、ここまで辿り着いた。幽霊が見えちまうという運の悪さがあるせいだが、それにしても大したものだ。感心させられたよ」

「盗人に褒められても嬉しくねぇな」

「俺だけじゃなく、千村の旦那も感心していた。あいつはすげぇ男だってな。まあ、あの御仁はただ面白がっているだけかもしれんが……しかし、それだけに残念だ。お前はこれまで何度か旦那に命を救われているだろう。それなのに疑っちまうなんてよ。あの人はちょっと面倒臭がりなだけで、決して悪さをするようなお方じゃない。虎太、お前はなかなか見所のあるやつだとは思う。だが、詰めが甘い。肝心なところで間が抜けちまう男だ。そんなことじゃ……俺の大事な娘を嫁にはやれんな」

「けっ、何を言ってやがる。あんたの娘なんか、どうせかぼちゃに目鼻を付けたような碌でもない面の……ええっ」

虎太は思わず声を上げて盗人の顔を見つめた。

いや、そんな馬鹿なことがあり得るはずがない。

しかし、九ヵ月くらい前から連中のことを探っていると言った。あの人がいなくなった頃と時期は合う。だが、いくら何でもそんなことが……。

「ええっ」

戸惑いのあまり、虎太はまた同じ声を上げた。鎌鼬の七……鎌七……亀八だと？

虎太の様子を楽しそうに見ていた鎌鼬の七が「そろそろ俺は行くぜ」と言って立ち上がった。

「えっ、あ、ちょっ、ちょっと待って……」

「あばよ」

鎌鼬の七が塀の上を音もなく走り出した。あっという間に暗闇に紛れていく。

虎太は去っていく相手の背中に向けて手を伸ばし、声の限りに叫んだ。

「ま、待ってくれ……お、お父つぁあああん」

「誰がお前のお父つぁんだあああ」

鎌鼬の七の声が闇夜に響き渡った。同時に枝が折れたような音や、ずざざっ、と滑り落ちるような音も聞こえてくる。どうやら木に飛び移ろうとして、しくじったらしい。

屋敷の内部で数人の者が動く気配がした。「曲者《くせもの》だぞ」「皆の者、であえ」「どこだ」などと言っている声も耳に届く。

――えっ、嘘だろ……。

まさか鎌鼬の七が……金がなくなったことにすら気づかないほど鮮やかな手口で盗みを働いてきたあの伝説の盗人が、この俺から「お父つぁん」と呼ばれるのが嫌だったせいで捕まってしまうというのか。

――いや、さすがにそれは格好が悪いんじゃないの。

鎌鼬の七の正体のこともある。どうにかしなければならない。

「い、痛《いて》えっ。ちくしょう、足が、滑っちまったぜえ」

虎太は大声を張り上げた。かなりわざとらしい言い方だったが、屋敷内にいた連中はそんなことを気にはしなかった。すぐに「塀の向こうだ」「お前は向こうに回れ」「挟み撃ちにするぞ」という声が聞こえてきた。

虎太は、鎌鼬の七が消え去ったのとは反対の方へと走り出した。角を曲がろうとしたら屋敷の裏門から出てくる者たちの姿が目に入ったので、そのまままっすぐ進んだ。挟み撃ちにされるのは免れたようだが、連中にもこちらの姿を見られてしまった。

背後から大勢の足音が迫ってくる。これはまずい。向こうの方が道を知っている。行き止まりに誘い込まれるかもしれない。そうでなくても、辻番所に行き当たったら終わりだ。

虎太は懸命に逃げたが、次第に息が上がってきた。そろそろ足が止まりそうである。一方で後ろから来る連中は、人数が多いせいか中には足の達者な者も交じっているようだった。いくらか足音の数は減った気もするが、近づいてきてもいる。

——これはいよいよ駄目かもな。

諦めの気持ちが湧き上がってきたが、それでも何とか追手を振り切ろうと虎太は曲がり角を折れた。すると少し先に数人の者が固まって立っているのが見えた。

慌てて引き返そうとすると、その人の群れの中から「虎太、こっちだ」という声がした。

虎太は驚いて振り返り、声を発した男を見た。

「あ、あなた様は……だ、だんにゃ」

「猫かお前は」

「す、すみません。息が切れちまって」

千村新兵衛と、その配下の者たちだった。

「いいからお前は後ろにいろ。俺が話をつけるから」

千村がずいっと前へ出た。虎太は遠慮なく配下の一人の陰に隠れさせてもらった。背中越しに首だけ伸ばして、やってきた方を覗き見る。

虎太を追ってきた連中が角を曲がってきた。人数は五、六人で、皆腰に刀を差している。あの屋敷に住む旗本の家臣たちだろう。

連中はこちらの姿を見ると立ち止まり、一斉に刀を抜いた。

「それがしは定町廻り同心、千村新兵衛と申す者。何かございましたか」

千村が軽く頭を下げながら連中に向かって言った。落ち着き払った声だった。

「町方の役人がこんなところで何をしている」

先頭にいた男が千村に声をかけた。威嚇するような低い声だ。

「近くの町を見回っておりましたら、こちらの方で騒ぐような声が聞こえたものでございますから。重ねてお伺いいたしますが、何かございましたか」

「いや……」

男は千村から目を離し、後ろにいる配下の者たちを見た。顔を確かめるように、ゆっくりと見回している。虎太は慌てて首を引っ込めた。

「……何でもない。気にするな」

今度は刀を鞘《さや》に納める音が一斉に聞こえた。見つからなかったようだ。足音が耳に届いたので虎太が恐る恐るまた首を伸ばすと、連中が去っていく後ろ姿が目に入った。

「俺たちも行くぞ」

千村たちが歩き出した。旗本屋敷の連中が去ったのとは反対の方へと向かっていく。もちろん虎太も一緒だ。千村たちはずっと無言で、たまに振り返って後ろを確かめていた。

ようやく町家が見えたところで、「もう平気だろう」と言って千村は立ち止まった。配下の者たちが少し離れ、虎太と千村に背を向けるようにして周りに目を配り始める。ついてきている者がいないか、近くで話を聞いている者がいないか見張っているようだ。

「……おい虎太、鎌鼬の七には関わるなと言っただろうが」

千村はじろりと虎太を睨みつけた。怖い顔をしている。本気で怒っているようだ。

「えっ……いや、俺は日暮里の田圃の中とか、向島の寮とか、いつものように古狸で話を聞いた場所をふらふらしていただけなのに、鎌鼬の七の方で絡んでくるものだから……。それに千村の旦那が『関わるな』って言うのは、もしかしたら『関われ』ってことなのかもしれないと思ったし……」

「お前なあ……」

千村は天を仰いだ。再び虎太の方へ顔を戻した時には、怒りの色は消えていた。心の底からの呆れ顔に変わっている。

「後のことはこちらで始末をつける。鎌鼬の七……亀八については、別に悪いことにはならんから安心していい。だから虎太、お前は今からしばらくの間は、間違っても余計なことをするな。朝はまっすぐ仕事に向かい、昼は黙って懸命に働き、夜はさっさと長屋へ帰り、軽く猫と遊んだらとっとと寝ちまえ」

「さ、さすがに古狸に寄るのは構いませんよね。晩飯を食わなけりゃならないし」

飯ももちろんだが、それよりもお悌に会えないことの方が一大事である。嘘をついていたことがお悌にも伝わってしまい、ここ数日は虎太への態度がますます冷たくなっているのだ。もしここで古狸に顔を出さなくなったら、それがもっと酷くなるかもしれない。だから今は、意地でも通い続けねばならないのである。

「確か朝は修業先で食わせてもらえるのだったな。多分、昼も同じだろう。それなら晩飯など食わなくても平気だ」

「いや、ほら、俺……育ち盛りだし」

「いつまで育つ気だ、お前は。とっくに止まっているだろうが。まあ、どうしてもと言うなら古狸に寄ってもいいが、新たな幽霊話は聞くんじゃないぞ。お前が動くと面倒なことになりかねない。関わりのない話だと思っても、妙な具合に絡んでくるかもしれないからな。『伯父が死んだという嘘が仕事先にもばれたから、しばらく真面目に働かなければならない』とか言って誤魔化すんだ」

「は、はあ……俺がそんな嘘をついていたことまで旦那はご存じなんですね」

さすがである。

「いいか虎太、本当に動くなよ。俺が言っているのだから『動け』ということかもしれない、などと妙な勘繰りは決してするな。始末がついたらすべてを教えてやるから、その時まで大人しくしているんだ」

「へい、承知いたしました」

よかった。お悌には会える。怪談も聞かなくて済みそうだ。猫とも遊べる。むしろ喜ばしいことである。

「いいか、本当に何もするんじゃないぞ」

最後にまた念を押すように言い、千村はくるりと振り返った。

また命を救われた。これで三度目だ。もうあなた様のことを疑うような真似はしません……少なくとも今日から三日は、と心に誓い、虎太は立ち去っていく千村の背中に頭を下げた。

五

虎太は古狸の戸口の外で悩んでいた。

鎌鼬の七と出会ってから数日が経っている。ここまではまだ千村新兵衛から始末がついたという知らせはない。虎太は言われたように大人しく仕事に行き、真面目に働き、古狸でお悌に冷たくされながら晩飯を食い、部屋に帰って子猫たちと遊んでから寝るという日々を繰り返している。

例の腕に傷痕のある男について、智三郎には「あの辺りでは見当たらないから、遠くへ逃げてしまったようだ」と伝えた。俺が苦労して後をつけたのに、と不満を言ったので、また曙屋で飯を奢ってやったら静かになった。それに治平や佐吉などが新たな怪談を仕入れてくることもなかったので、これと言って波風の立たない、穏やかな暮らしが続いている。

だが今夜の古狸は、まだ表にいるというのに、明らかにいつもと違うと分かった。足を踏み入れるのを躊躇《ためら》ってしまう。

まず、店の中がやけにうるさかった。たくさんの人の話し声が通りにまで漏れてくる。元よりあまり静かな店ではないのだが、それにしても随分と多くの客が入っているようだ。

しかもそれは飯屋の方だけではなかった。二つ隣の蕎麦屋も同じだ。今日中に仕上げないといけない仕事があったために虎太はいつもより少し遅く古狸に辿り着いている。もう夜の五つ近くで、そろそろ蕎麦屋の方は片付けを始めるという頃合いだった。それなのに今夜はまだ飯屋の方と同じくらいたくさんの客がいる気配がある。さすがに真ん中の菓子屋は日暮れとともに閉めてしまうので暗くひっそりとしているが、その両隣の店は大騒ぎだ。

――入らないでこのまま帰った方がいいかな。いやでも……。

客が多いだけなら虎太もそこまで悩まない。珍しいことがあるものだ、近所の若者が集まって飲んでいるのかな、くらいにしか思わずに戸を開けている。

しかし先ほど、そうしようとしたら中から「虎太はどうした」という治平の声が聞こえてきたのである。いや、治平だけではない。佐吉など他の常連客、それから義一郎やお悌、さらには友助の声で「あの馬鹿、いつになったら来るんだ」「虎太さん、まだかしら」「故郷にいた頃から肝心な時に遅れるやつだった」などと口々に言っているのが続けて耳に届いたのだ。

みんなが自分を待ち構えている。これは、嫌な予感しかしない。

だが、その「みんな」の中にお悌も含まれている。機嫌もよさそうだ。

――ううむ。

自分が来ることをお悌が待ち望んでいるというのなら、決して逃げることはできない。たとえその先に何があろうとも、だ。

虎太は覚悟を決めた。ふうっ、と一つ大きく息を吐き、それから古狸の戸を一気に開けた。

「皆さん、お待た……」

「待ってましたっ」

虎太が最後まで言い切る前に、あちこちから声が飛んできた。

「よっ、男前っ」

「見直したぜ」

「さすがだ」

「このすっとこどっこいが」

「俺は前から虎太は凄いやつだと思ってたんだよ」

たまに悪口も混ざってくるが、概《おおむ》ねはやんや、やんやの大喝采《だいかっさい》である。

「な、なななな」

目を丸くしながら虎太はみんなの顔を見た。これまでになかったことなので少し怯《おび》えている。

「……な、何ですか、この、騒ぎは」

ようやく、といった感じで声を振り絞り、治平に訊ねてみた。

「決まっているじゃないか。亀八さんが戻ってきたからじゃよ」

酔っているせいもあるのだろうが、治平の目は赤い。涙が浮かんでいる。

「儂はね、内心では、もしかしたら亀八さんはどこかで何か危ない目に遭って、もうこの世にはいないかもしれない、と思ってもいたんだ。もちろんそんなことは口に出せなかったけれどね。いや、言わなくてよかったよ。こうして亀八さんは無事に戻ってきたんだから」

「はあ」

「めでたいことだからね。それで今日から三日の間は、古狸は無代で飲み食いできることになったんだよ。もちろん蕎麦屋の方もだ」

なるほどそれでこんな大騒ぎになっているのか。そうすると、どうやら例の件の始末が今日でついたということなのだろうな、と思いながら、虎太は改めて店の中にいる者たちの顔を見回した。満面に笑みをたたえた義一郎とお悌がいる。智三郎の姿も見えた。礼二郎はいないが、これは蕎麦屋の方だろう。佐吉や友助、それに名は知らないが古狸で会ったことのある常連客の面々も見える。他にも、ここの近所の人たちだろうと思われる老若男女が多数、古狸の小上がりの座敷のあちこちに座っていた。

しかし数日前に旗本屋敷の塀の上にいた、あの男は見当たらなかった。

「ええと、鎌……八さんは」

鎌鼬の七と亀八が混ざってしまったが、幸い治平は気に留めなかった。

「今は蕎麦屋の方で、お客さんたちに酌をして回っているよ。おおい、義一郎。虎太が来たからと言って亀八さんを呼んできておくれ」

義一郎だけではなく、お悌も軽い足取りですっと店の奥へと消えた。ああ、そんな役目は熊男だけにやらせておけばいいのに、と虎太が肩を落としていると、佐吉が盃を手渡してきた。酒をなみなみと注ぎながら言う。

「さあ飲め。お前のお蔭で亀八さんが無事に戻ってきたんだ。遠慮なくいけ」

「は、はあ……」

虎太は戸惑った。まさか旗本屋敷で出会ったことを知っているというのか。しかしそれだと、鎌鼬の七の正体だとばれていることになってしまう。

「あ、あの……俺のお蔭ってのは？」

「おっ、謙虚だねぇ。知らないふりをするつもりか。虎太のくせに憎い真似をしやがる。だが残念だったな。もう亀八さんから聞いているんだよ。今日の昼間、お前が亀八さんをここまで連れてきたってことをね」

「う、ううむ。今日の昼間、ですか……」

どうやら鎌鼬の七だということは内緒のままのようだ。当然である。しかしそこを誤魔化すために、俺の知らないところで俺が何かをやったことになっているみたいだ。これは話を合わせるのが難しいぞ……。

虎太が困っていると、「そうなんだよ」と声がした。同時に周りからも「おおっ」という大きな声が上がり、みんなの目が一斉に店の奥へと向けられた。虎太も身構えながらそちらを見た。

まず姿を現したのは、古狸一家の母親の、お孝だった。それから義一郎、お悌と続き、最後に五十手前くらいの年の、小柄な男が出てきた。もちろん数日前に虎太が会った、あの人である。

「九ヵ月ほど前にさ、いつものように幽霊が出たと聞いた場所へ行ったんだよ。町中にある空き家だ。その家に足を踏み入れて少し進むと、急に目の前が真っ暗になった。もちろん初めから薄暗かったが、見えないほどではなかった。まだ昼間だったからな。雨戸は立ててあったが、隙間から光が漏れていたんだ。ところがその時は、まったく目が利かなくなった。突然のことだったから、もうびっくりしたよ。俺は慌てて戸口へと戻った。すると、これまた驚いたことに、戸の向こうは夜になっていたんだ」

店のあちこちで「へえ」とか「不思議だ」などといった声が上がった。みんな熱心に亀八の話に耳を傾けている。

「外に出てみて、俺はまたまた驚いた。そこはどこかの山の中だったんだ。確か江戸の町中にいたはずなのに、と首を傾げながら振り返ると、出てきたばかりの家がない。ただ鬱蒼《うっそう》と茂る藪があるだけだった」

またあちこちで「ほう」とか「怖いな」などという声が漏れた。みんな本当の話として聞いているようだ。もちろん虎太は、これは口から出まかせの嘘だと分かっている。

「かなり深い山だったようでね。俺はそのまま、四、五日くらい彷徨ってしまったんだ。ようやくのことで人里に下りることができて、ほっとしたのも束《つか》の間《ま》、その場所を知って俺は肝を潰した。四度目のびっくりだよ。なんとそこは、江戸からはるか離れた豊後国《ぶんごのくに》だったんだ」

話を聞いていた者たちが「すげぇ」とか「遠いな」とか、「どこだそれ」などと口にした。ちなみに最後のは虎太である。

「……もちろん俺は海を渡った覚えなんてない。それなのに上方よりさらに向こうの、西の果てである九州の地にいたわけだ」

虎太に説明するため、亀八は少し詳しく言い直したようだ。なかなか親切な男である。

「神隠しに遭ったとか、天狗《てんぐ》に攫われたとかいうのはこういうことかな、と思ったよ。ともかく俺は、それからすぐに江戸へと向かった。ところがいくら人に訊ねながら進んでも、どういうわけか道に迷うんだよ。あっちをふらふら、こっちをふらふらと彷徨い歩き、やっと江戸に着いた時には、初めに空き家に入った時から九ヵ月も過ぎていた。まあ、それでもこれでようやく家に帰れる、とほっとしたんだが、ここでまた不思議なことが起きた。古狸の場所がどうしても思い出せないんだ。頭の中に霞《かすみ》がかかってしまったようだった。気がつくと俺は、立派なお屋敷が立ち並んでいる土地を歩いていた。似たような高い塀が張り巡らされていて、同じようなところをぐるぐる回らされるんだ。それで、どうしたものかと困っていると、この虎太さんが現れたってわけだ」

店にいる者の目が一斉に虎太を見た。話を合わせるために、虎太はうんうんと何度か頷いた。

「虎太さんは、仕事先の親方から頼まれて使いに出ていた途中だったらしいが、俺が古狸の場所を訊ねると、自分はそこの常連だと答えてね。わざわざ近くまで案内してくれたんだよ。店のすぐそばまで来たら頭の中の霞が晴れて、俺も道を思い出した。それで虎太さんは用事を片付けるために戻り、俺は九ヵ月ぶりに古狸に帰って今に至るという、そういうことなんだよ」

おおっ、とみんなから声が上がり、虎太は数人から肩や背中を叩かれた。手荒い扱いだが、褒めてくれているらしい。

しかし……と思いながら虎太は義一郎とお悌の顔を盗み見た。亀八の話は、はっきり言って出来の悪い嘘である。酔っ払っている他のお客たちはともかく、まだあまり酒の入ってなさそうな義一郎、そしてそもそも飲まないお悌は、こんな子供騙しに引っかからないだろうと思ったのだ。

「まったく親父はしょうがないなぁ」

義一郎は呆れつつも納得していた。しょうがないのはお前の頭の中だ、と心の中で悪態をつきつつ目をお悌に移す。

「お父つぁんはうっかり者だからね。多分、今度もうっかりと知らない場所へ行っちゃったんでしょうね」

「お、お悌ちゃん……」

今一つ何を言っているのか分からないが、こちらも亀八の話を疑ってはいないようだ。

——伯父が生き返ったという俺の嘘と、大して変わらないと思うけどなぁ……。

いったい何が違うというのだ。虎太はむっとした。

だが、これで亀八が姿を消していた九ヵ月の空白は、鎌鼬の七とまったく関わりのない出来事で埋められた。納得いかないが、口を挟むことはできない。

「よし、今夜は飲むぞ。いや、これから三日三晩、飲み続けるぞ」

佐吉が大声で言った。それを聞いた店の中の客たちが一斉に飲み食いを始めた。義一郎とお悌は店の仕事をするために奥へ引っ込み、亀八は客たちに酌をして回り始める。

治平と佐吉は、久しぶりに会う亀八のそばへと行った。虎太より先に何度か古狸に来たことがあった友助も近寄っていき、治平たちと一緒に亀八と話し始めた。智三郎はいつものように小上がりの座敷の隅に座り、愛想のない顔で晩飯を掻き込んでいる。

虎太は、ぽつんと一人、戸口のところに残されてしまった。もちろん今日は亀八が主役だ。珍しくもない虎太など放っておかれるのは分かる。しかし、入ってきた時の出迎えられ方と比べると、あまりにも寂しい。

――いや、別にいいんだけどさ。

まだ戸を開けたままだったので、閉めようと振り返った。すると背後の店の奥の方から、何者かが虎太に近づいてくる気配がした。

誰だろう、と思いながら向き直る。そこにいたのはお孝だった。

お孝は古狸にいる客たちを気にしながら虎太の耳元に口を寄せ、「菓子屋の方で旦那が待っていますよ」と囁いた。

虎太は、はっとしてお孝の顔を見た。するとお孝は一度だけ小さく頷き、それから亭主の亀八の方へと戻っていった。

――ああ、お孝さんだけは知っていたんだな。

道理で亭主が行方知れずになった後もあまり慌てず騒がず、落ち着いた様子で店の切り盛りをしていたわけだ、と虎太は思った。

表側から菓子屋の方に回って戸を開けると、明かりも点けない暗い中に千村新兵衛がいた。いつも古狸に来る時と同じように羽織を纏わない着流し姿で、隅の縁台に座って団子を食っている。ちょっと不気味だった。

「子供の拐かしの件の始末がついたようですね」

他の者には聞かれたくない話をするのだろうから、と虎太は戸を閉めた。ますます暗くなったが、夜目の利く虎太はぼんやりとだが辺りが見えた。縁台に近寄り、千村の隣に腰を下ろす。

「うむ、一応な。だが虎太、多分お前にとってはあまり面白くない始末のつき方だと思うぞ」

「へえ……」

そう言っている千村も、どこか不満があるような声だった。

「いったいどうなったんですかい」

「その前に一つ訊いておく。お前は亀八と塀のところで顔を合わせたわけだが、そこが誰の屋敷だか知っているのか」

「多分、偉そうなお旗本だとは思いますが、それが誰か、なんてことは知りませんよ。あの後、お前は何もするなと旦那に言われましたからね。調べたり訊き回ったりはしていません」

「それなら、そのままでいろ。偉そうなお旗本、というだけで十分だ。それではどう始末がついたか話すぞ。実はかなり前から俺は、子供の拐かしの件について気にしていたんだ」

そこで千村はいったん言葉を止め、茶を飲んだ。口を湿らせたのだ。長い話になるのかもしれない。

「お喜乃の息子の信吉と、危ういところで助かった植木屋の金兵衛の孫の甚太の他にも、その前からいくつか、何者かによって連れ去られたのではないか、と思われる事件があった。十年前に姿を消した、あの『神隠しの長屋』に住んでいたおきよもそうだ。ただ、はっきりしたことは分からんし、元々江戸では迷子になる子供が多いんでね。忙しいこともあって、なかなか手が回らずに詳しく調べることはできなかった。ところが九ヵ月ほど前、別の件を調べている時に、子供の拐かしにお旗本が関わっている、という話が耳に入った。あくまでも噂だ。しかし、市中に流れる噂はどんな些細なものでもお奉行の耳に入れることになっている。これは前にも言ったことがあったな」

「はい」

　似たもの親子がやっている料理屋の曙屋の前で話をした時に聞いた覚えがある。

「そこで俺はお奉行に告げた。しかし、お奉行は動かなかった。これもその時に言ったと思うが、今のお奉行はあまり熱心じゃないというか、世渡り上手というか……」

「ああ、おっしゃってましたね」

「相手がお旗本だからな。お前に言っても分からんだろうが、そもそも支配する者が違うんだ。町奉行は老中の下にあるが、お旗本を監視するのは若年寄だ。そういうこともあって面倒を避けたのだろう。しかし子供が酷い目に遭っているかもしれないからな。俺はこっそり調べ始めた。とはいっても、あくまでも『お旗本が関わっている』と聞いただけで、それが誰であるかまでは分かっていなかった。それを探さなければならなかったんだ」

「それは大変だ。お旗本ってたくさんいらっしゃるでしょう」

　旗本八万騎という言葉を聞いたことがある。実際にそこまで多くなくても、かなりの数がいるはずだ。

「ううむ、だいたい五千人くらいかな。もしかしたら御家人《ごけにん》かもしれないから、それも勘定に入れると二万を超える。さすがに虱潰《しらみつぶ》しに当たるのは無理だ。それに蝦蟇蛙の吉など、江戸市中には他にも悪いやつがたくさんいて、その件ばかりに手をかけてもいられない。そこで俺は、どうしたらいいか必死に頭を捻った。そうしたら、ある男のことが頭に浮かんだんだ」

「亀八さんですね」

つまり、鎌鼬の七である。

「元々、旦那とはお知り合いだったってことですかい。もしかして、実は二十年前に捕まえていたとか」

「惜しいな。二十年前は、まだ俺は見習いだった。捕まえたのは俺の親父だ。千村助次郎《すけじろう》という男で、やはり定町廻りの同心だった」

「へえ、旦那はその跡を継がれたわけですね」

「本来なら同心は一代限りなんだが、実際は世襲みたいになってしまっている。うちなんか祖父も同心だったよ。まあそれはともかく、鎌鼬の七を捕まえたのは俺の親父だ。しかし人を殺したり傷つけたりはしていないし、貧しい暮らしをしている者たちから盗んだわけでもないようだから、このまま足を洗えば見逃してやるってことにしたらしい」

「粋なお方だったんですねぇ、その、千村助次郎様は」

「いや、俺に輪をかけて面倒臭がりだっただけだ。もちろん同心としての腕は凄かったけどな。俺よりはるかに上だ。身軽な人でね、とにかく動きが素早かった。剣術も同様で、神速の剣の遣い手と言われていた。だからこそ鎌鼬の七を捕まえられたのだろう。しかし残念なことに、死ぬのも早かった。酒飲みで、それが元で体を壊したんだ。もし生きていたら、その後で世に出てきた蝦蟇蛙の吉などもあっさり捕まえていたに違いない。親父が早死にしたせいで、俺は酒じゃなく団子ばかり食うようになったってわけだ」

千村は縁台の上にある皿から団子を一本手に取り、ぱくりと食った。

「……それで、亀八さんに拐かしの件を調べてくれと頼んだわけですね」

「うむ。足を洗った後も亀八はたまに菓子折りを持ってうちに顔を出していたし、親父の墓参りなどにも来ていたから、俺もその正体は知っていたんだ。だが初めは亀八も俺の頼みを断った。足を洗うってことで見逃してもらったわけだからな。しかし、拐かされた子供が可哀想だから、今回限りという約束で二十年ぶりに鎌鼬の七に戻ってくれたんだよ。もしかしたら危ない相手かもしれないので、古狸からも姿を消した。義一郎などの男兄弟はともかく、お孝やお悌に何かあったら大変だからな」

「ふうむ、なるほど」

これで亀八が九ヵ月前に突如として行方知れずになった事情は分かった。

「こうして亀八は子供がいなくなった事件について調べ始めた。信吉の件も色々と嗅ぎ回っている」

但馬屋から五両を盗み、弔い代として寺の住職にその金を渡したのも、やはり本物の鎌鼬の七だったということだ。

「神隠しの長屋のおきよの件も調べている。十年前のことだから大して分からなかったようだがな。その他にも昔あった子供の拐かし事件を掘り起こして一つ一つ探ったようだ。そんなことをしていたから、随分とかかっちまったってわけだ。ちなみに甚太の件はついこの間だから、亀八は何もしていない。その頃にはもう、あの屋敷に住むお旗本まで辿り着いていたからな。きっかけは向島の寮だ。攫った子供を運ぶのに舟を使ったんじゃないかと考え、いったん隠しておく場所を捜して歩いたようだ。そうして、あの向島の寮を見つけたんだよ。亀八は持ち主である上州屋を探った。そして、上州屋が出入りしていたお旗本を突き止めたんだ」

　そのついでに上州屋の蔵から金を盗んで、店を潰してやったのだろう。さすが稀代の盗人だ、と虎太は感心した。

「さて、ここからはいよいよ、その件の始末がどうついたのか、という話になる。実はな、虎太。お前のせいで、考えていたより早く俺は動くことになっちまったんだ」

「ど、どういうことですかい」

「まだお旗本の屋敷を詳しく調べていなかったんだ。ところがお前は、連中の仲間の一人である腕に傷痕のある男と顔を合わせてしまった。つまり、拐かしの件を調べている者がいると相手に知られてしまったんだ。困った話だよ。亀八が忍び込んで調べる前に、証拠となる物を消されてしまうかもしれないからな。そうならないように、鎌鼬の七には関わるなと言っておいたのだが」

「へえ、すみません」

「しかもお前は、旗本屋敷にまで辿り着きやがった。見張りにつけていた配下に、『虎太を屋敷に近づけないように』と命じていたのに」

そういえば後をつけている時に、妙に近づいてくることがあった。だからわざとこっちから追いかけてやったが、今思えばあれは屋敷の近くを歩いていた時だった。そうやって自分を屋敷から離れるようにしていたのだろう。

「それなのにお前は、とんでもない手を使って傷痕の男を誘《おび》き出した」

向こうから来るように仕向けるという、智三郎が考えた手のことだ。

「まったくお前というやつは……まあ、しかしこうなってしまっては仕方がないから、あの晩、旗本屋敷のそばでお前と会った後で、俺はここまで調べ上げたことをお奉行に伝えたんだ。その結果……」

ここで千村は言葉を止め、また茶を口に運んだ。

「どうなったんですかい」

「うむ……三日前に大川で死体が上がった。身元はまったく分からない。ただ、腕に古い傷痕があった」

「へ……」

「それから、例の屋敷に住むお旗本から、跡取りだった嫡男が病死したと届け出があった」

「うへぇ」

「それだけじゃないぞ。そのお旗本の家老も病で死んだという話になっている。実際はどう死んだのか分かったものじゃないけどな。他にも家臣の何人かがいなくなっているようだ」

「そ、それは……」

「まだある。知行所《ちぎょうしょ》の代官も死んだらしい。上州屋もだ。日本橋の店が潰れて故郷に帰っていたが、何者かに斬り殺されているのが見つかったそうだ」

「……そ、それは口封じというわけで？」

「その通りだ。お家を守るためだな。お旗本は別に養子を貰って、家は続いていく。人は入れ替わるが、それだけだ。子供の拐かしの件とは関わりがなかったことになる」

そういう風に上で話がついたということなのだろうか。

「ひ、酷ぇ」

「世の中とはそういうものだ。この俺でさえどうしようもないのに、ましてやお前ごときが嘆いてもどうにもならん。俺たちは自分にできることを一つ一つこなしていくだけだ」

「ふえぇ」

虎太はがっくりと肩を落とした。初めに千村が言った通り、あまり面白くない始末のつき方だった。

お喜乃さんの霊はこれで納得してくれるだろうか、はたして成仏してくれるだろうか、と考えていると、どこからか「ああ、疲れた」と声が聞こえてきた。

「いやあ、やっと放してくれた。治平さんも佐吉さんも、相変わらずだ」

店の奥から亀八が姿を現した。

「おや、部屋も暗いが二人の顔も暗いね」

さすがは元盗人、ほとんど真っ暗闇なのに二人の表情が分かるようだ。

「おい亀八、お前がいなくて向こうは平気なのか」

「もちろんですよ、旦那。もう俺なんかそっちのけで酒盛りが始まってます。いなくなったことにすら気づいていないんじゃないかな……それで、虎太にどこまで話したんですかい」

「すべてだ」

「だから陰気な顔をしているのか」

しょうがねぇなあ、と言いながら亀八は縁台の隅に座った。

「……いや、千村の旦那、まだすべてではありませんよ。聞いておきたいことが残ってます」

虎太は千村へ顔を向けた。団子を口に運ぼうとしていた千村の手が止まった。

「何かあったかな」

「拐かされた子供たちの、その後のことです」

お喜乃の幽霊との約束もある。信吉がどうなったのかだけでも聞きたい。

「ううん……」

暗闇の中で千村が唸った。

「……それは、知らない方がいいんじゃないのかな」

「どうしてですかい。俺もね、餓鬼じゃあないんだ。攫われた女の子がその後、どうなったのかは何となく分かる。女郎屋などに売られたんだ。初めは子守りなどをさせ、大きくなったら客を取らせるようになったに決まっている。俺が知りたいのは、男の子の方です。多分、働き手として大きな百姓家とか、鉱山とかに送られたと思うんだけど……」

そういうところを捜せば、信吉が見つかるかもしれない。

「……まだまだ甘いな、虎太」

「どこがですかい」

「まず女の子だが、どうして客を取るのが大きくなってからだと言い切れるんだ」

「だってそうでしょう。男の相手をするんだから……」

「お前、修業先を追い出されたことがあったな。正しくはお前の方から出てきたのだが。それがきっかけで古狸に顔を出すようになったわけだが、いったい何をしたんだ？」

「旦那だって知っているでしょう。あれは……ああっ」

取引先の若旦那が仕事場の裏にある長屋に住んでいる女の子に悪戯をしようとしたから、仙台堀に放り込んでやったのである。その結果、虎太の方が修業先から出る羽目になったのだ。

「世の中にはな、まだ年端のいかない幼い女の子を好む輩がいるんだよ。それからお前は、男は働き手として使われるために攫われたと考えているようだな。なあ虎太……陰《かげ》間《ま》茶屋《ぢゃや》って知っているか」

「うわあ……」

男色を売る店である。まだ若い、美少年が多くいると聞く。

はああ、と溜息をついて、虎太は黙り込んだ。まったく世の中は碌でもない。さっき千村は、俺たちは自分にできることを一つ一つこなしていくだけだ、と言った。それならまず俺は、取引先の馬鹿旦那をまた堀に放り込むことから始めよう、と思った。

「ううむ、ますます暗い話になっちまったようだな」

亀八が口を挟んだ。

「少し明るくなるようなことも教えてやるか。おい虎太」

「なんですかい」

「拐かされた子供たちの中には、旦那が言うような目に遭った子も確かにいる。だが、決してそれだけじゃないぜ。この九ヵ月の間に、俺はたまに江戸を離れることもあったんだ。塀の上でお前と話した時にも言ったと思うが」

「ううん……」

そんなことを言っていた気もするが、さすがによく覚えていない。

「拐かされた子供たちの行方を追っていたんだ。子供たちは舟でまず向島の寮に送られ、その後で旗本の知行所へ移されていた。そこから色々な場所に売られていったんだが、間を取り持っていたのは例の上州屋だ。店に忍び込んで調べているうちに、行方が分かった子供もいたんだよ。お前が知りたがっている、信吉もその一人だ」

「ほ、本当に？」

「うむ。しかも、なかなかいいところに売られた。子供のいない夫婦に買われていったんだ。そこは、とある大きな商家でね。信吉は跡取りとして育てられている」

「へえ……」

　虎太の心が少しだけ軽くなった。よかった、お喜乃の幽霊との約束が果たせそうだ。

「それなら信吉を江戸に戻さなけりゃ」

「その夫婦は信吉が拐かされた子供だと知らずに買っている。両親が死に、引き取った親戚に売られた子供だと思っているようだ。可愛がっているようだから、このままの方がいいだろう。信吉のためを考えるとな」

「ああ、言われてみればそうかもしれませんね」

　信吉の父親である但馬屋の幹五郎は、お喜乃が死んだ後ですぐに後添いを貰っている。もうすぐ子供も生まれるらしい。そうなると、戻ったところで信吉がどういう扱いを受けるか分かったものではない。

　亀八が言うように、このままでいいだろう。きっとお喜乃も納得してくれるはずだ。

「他にも、行方が分かりそうな子供がいる。おきよのようにかなり前に攫われた子供も含まれているから、今はもうだいぶ大きくなっている子もいるだろうけどな。そこで虎太、実はお前に頼み事があるんだ。こんなことはお前にしか頼めないことでね」

「何ですかい。亀八さんの頼みなら、何でも聞きますぜ」

「俺はそういう子を捜して諸国を巡ろうと思う。中にはお前が考えているように、女郎屋に売られた子供もいるだろう。そんな場合は身請けして、まっとうな暮らしに戻してやったりしようと考えているんだ」

「それは……かなり金がかかるのでは」

「心配ない。金ならある」

暗闇の奥で、亀八がにやりと笑った気がした。

「どこにそんな……ああっ」

思い当たることがある。上州屋の蔵から盗まれた金だ。

千村の方を見ると、そっぽを向いて団子を食っていた。俺はそれについては何も知らないし聞く気もない、ということのようだ。

「……だ、だけど」

虎太は亀八へと顔を戻した。

「亀八さんはたった今、古狸に戻ってきたばかりではありませんか。それなのにまたいなくなるだなんて……。それにお孝さんはともかく、他の人たちにどうやって言いわけするつもりですかい」

鎌鼬の七とか千村新兵衛の正体に関わっていることなので、拐かされた子供たちを捜しに行く、と正直に言うことはできない。むろん、金のことだって内緒のはずだ。

「また黙って行方知れずになるしかねぇなあ」

「そ、そんな」

「そうすると多分、またこの店では怖い話を集めだすと思うんだよ。俺を捜すために。そして虎太がその場所へ行かされる羽目になるだろうが……お願いだから黙っていてくれよ。もう幽霊を見るのなんか御免だ、と言いたいだろうが、そこはぐっと我慢して連中に付き合ってやってくれ。まあ、そういう頼みだ」

「ちょ、ちょっと待ってください。それだと……」

自分は亀八がどこで何をしているか知っているのに、その亀八を捜してわざわざ怖い目に遭いに行くことになる。

「……俺がまるっきり阿呆みたいじゃないですか」

「うむ。だからお前にしか頼めないことなんだ」

「ひ、酷ぇ」

「それじゃ、頼んだぜ」

亀八は立ち上がり、店の奥へと引っ込んだ。暗闇だとは思えないほど素早い動きだった。

「さて、俺もお役目に戻るとするか」

千村も立ち上がった。「これ、よろしくな」と空になった皿と湯呑みを虎太に預け、こちらは表戸から外へと出ていった。

菓子屋の暗闇の中で呆然と立ち尽くしていると、心配したのかお孝が様子を見に来た。虎太は千村から渡された皿と湯呑みをお孝に渡し、飯屋へと戻った。

まだ大勢の客たちが小上がりの座敷にいる。先に戻った亀八が酌をして回っているのが見えた。もちろん治平や佐吉、友助などお馴染みの面々の姿もある。皆飲み食いをしながら、くだらない馬鹿話に花を咲かせているようだ。

——俺の座る隙間はあるかな……。

小上がりの座敷を見回していると、小柄な影が近づいてきた。お悌である。

「さっきはちゃんとお礼を言えなかったから」

お悌はそう言うと、虎太の左手を両手で包み込むように握った。

「お父つぁんを見つけてくれて本当にありがとう」

「お、お悌ちゃん……」

運んできた料理を受け取る時などに軽く手が触れることはあったが、こうしてしっかりと握られるのは初めてである。お悌の手は柔らかかった。そして、温かかった。

「虎太さんならきっとそうしてくれるって、ずっと思ってたわ」

「お、お悌ちゃんっ」

せっかくだから俺もお悌の手を挟むようにぎゅっと握ってやろう、と虎太は右手を上げた。しかし横から毛むくじゃらの腕が伸びてきて、その右手をがっしりとつかまれてしまった。

義一郎だった。酔って暴れた時などに取り押さえられることが多々あったので、この手につかまれるのは別に初めてではない。相変わらず硬くて分厚い手だ。

「俺も礼を言わなくちゃな。ありがとよ」

義一郎とは反対側の横合いからもう一本の腕が伸びてきた。智三郎である。

「おいらもお礼を言っておくか。どうもありがとう」

智三郎はお悌の手を解いて、代わりに虎太の左手を握った。義一郎と比べれば小さな手だが、妙に力が籠もっている。痛い。

——こ、こいつら……。

お悌との仲を邪魔しに来たのだろう。そうに決まっている。

まったくこの兄弟は、と思っていると、「祭りだぁ」という大きな声が奥から聞こえてきた。

「おう、虎太。うちの親父を見つけてくれたそうだな。礼を言いに来たぜ」

現れたのは古狸一家の次男、礼二郎だった。兄弟の中ではわりと頭が働く方で、いつも落ち着いた感じの男なのだが、今はまるで別人のようだ。

「本当にありがとうな。猫太のくせによくやった。さすがだ。お前は凄い男だよ。猫太のくせに」

礼二郎は虎太の肩をばしっと力強く叩くと、また「祭りだぁ」と叫びながら店の奥へと消えていった。蕎麦屋の方へ戻っていったようである。

「……ええと」

何だあれは、と虎太が戸惑っていると、義一郎が「気にするな」と笑った。

「礼二郎のやつは、酷く酔っ払うと『お祭り男』に変わるんだ。それがあるからいつもは抑えて飲んでいる。しかし今日は飲みすぎちまったようだな」

「へえ……初めて見た」

亀八が戻ってきためでたい日だから、祭りのようなものだ。それに自分も酷く酔うと泣き出して暴れるので、人のことをとやかく言えない。だから気にはならないが、ただ馬鹿にしながら褒めるのはやめてもらいたい、と虎太は思った。

――猫太と呼ばれるのはこれからも続きそうだな……。

それだけは何とかならないものかな、と溜息をつきながら肩を落としていると、古狸の戸が開いた。

「おや、今日は随分と賑《にぎ》やかだね」

顔を覗かせたのは植木屋の金兵衛だった。いつもより多い客の数に困惑気味だ。

「うちの親父が戻ってきたものですから、近所の人たちが集まっているんですよ」

義一郎が説明すると、金兵衛は目を丸くした。

「ほう、そいつはめでたい。儂も亀八さんに挨拶しなければいけないね」

「あそこにいるのが親父です。呼んできましょうか」

「いや、それには及ばない。今は他の者と話しているようだからね。儂は後でいいよ。それよりも先に用事を片付けてしまおう。今日はね、虎太にお願いしたいことがあって来たんだ」

金兵衛は虎太に顔を向けた。

「お、俺にですかい」

虎太は顔をしかめた。さっきの亀八からの頼み事と同様、あまりいい話ではないような気がする。

「うむ。儂からというより、弥左衛門さんからの頼みなんだがね」

「はあ……」

確か、甚太が拐かされそうになった時に訪れていた寮の持ち主だ。そんな人が俺に……と虎太は首を捻った。

「俺、弥左衛門さんのこと、まったく知らないんですけど」

「なに言っているんだ。よく会っているだろう。かなり世話になっているはずだ。一緒に来たんだけど、小便がしたいと言って今は裏の長屋の厠に行っている。すぐに……ああ、ちょうど来たところだ」

戸口に弥左衛門が姿を現した。金兵衛や治平などと同じくらいの年寄りである。その顔に、虎太は思い切り見覚えがあった。金兵衛の言う通りだ。物凄く世話になっている。

「ああ、あなたは……うちの大家さん」

虎太が住んでいる久松町の貧乏長屋の大家だった。

「おいおい、まさか今気づいたのか」

弥左衛門が驚いたように言った。

「住んでいるところを誰かに教える時、久松町の弥左衛門店の虎太だ、と告げるだろう」

「いや、確かにそうなんですけどね」

金兵衛の知り合いの隠居とは、まったく結びつかなかった。

「しょうがない男だな。まあ、うちの店子はそんなやつばかりだから構わないがね。それより今日は頼み事があって来たんだよ。これはお前にしか頼めないことだ」

「う、ううむ」

言い回しがさっきの亀八と似ている。できれば聞きたくない。しかし他ならぬ大家からの頼みだ。店賃の支払いを待ってもらうなど、色々と厄介をかけている。これは聞かざるを得まい。

「な、なんでしょうか」

「お前はすでに猫を二匹飼っているから慣れているだろう。面倒を見なければならないのがもう一匹増えたとしても、大して困らないだろうね」

「は、はあ……」

「いや、飼うのは儂だ。と言うか、長屋のみんなで世話をするようにしたいと思っているんだよ。つまりね、長屋の中を勝手にうろつかせておけばいいということなんだ。しかし、何かあった時に主に面倒を見る人を決めておきたい。それを虎太に頼もうと思っているんだよ」

「それはお安い御用だ」

虎太は胸を撫で下ろした。亀八の頼みに比べれば雲泥の差だ。こちらはむしろ少し嬉しいくらいである。

「……ただ、一つだけ聞いておきたいんですけど。大家さん、そいつ、もう名が付いていますか」

弥左衛門は首を振った。

「いや、まだ生まれて間もないからね。まだ名はない。虎太が好きに付けて構わないよ」

「よしっ」

三匹目にして、ようやく「猫太」と名付けられる猫が現れた。これでもう猫太と呼ばれて馬鹿にされることはあるまい。少なくとも、古狸一家の者や常連たちは呼びにくくなるはずである。

「念のためにもう一つお伺いします。そいつ、雄でしょうか」

「うむ。確かそうだったな」

これは猫太で決まりだ。虎太は大きく胸を張って答えた。

「大家さん、承知いたしました。大船に乗ったつもりで任せてください。この俺がそいつの世話をいたしましょう」

「おおっ、そうか。今も言ったようにまだ生まれたばかりだが、乳離れしたらすぐにうちの長屋で引き取ろう。三匹生まれてね、一匹目はこの金兵衛さんが、二匹目は経師屋の与三郎さんの長屋でそのまま育てることになったんだが、三匹目をどうするかがなかなか決まらなくてね。与三郎さんが困っていたんだよ。それを見兼ねて、儂が助け舟を出したってわけでね」

「は、はあ、なるほど。さすがは大家さん……あれ？」

虎太は首を傾げた。経師屋の与三郎の長屋でそのまま育てる、ということは……。

与三郎に初めて会った時、確かにそこの長屋には今にも子を産みそうなやつがいた。しかしそいつは……。

「大家さん、もしかしてそれ……犬ですか」

「そうだよ。与三郎さんの住んでいる長屋の、縁の下で生まれた子犬だ」

「つまり、ぶわ太郎の曾孫……」

虎太は、腕に傷痕のある男を捜している時にもぶわ太郎が姿を見せたことを思い出した。あの時に俺の手助けをしてくれたのは、こうなることを見越してのことかもしれない。

「虎太、頼んだよ。それでは金兵衛さん、儂らもみんなに交ぜてもらって、一杯飲むとしましょうか」

「そうですな。ああ、弥左衛門さん。ずっと行方知れずだったここの親父さんが戻ってきたらしい。ちょうど話が途切れたところのようだから、挨拶をしに行きましょうか」

弥左衛門と金兵衛が連れ立って亀八の方へと歩いていった。義一郎は料理を作るために店の奥へと姿を消し、智三郎も座敷の自分の膳があるところへと戻った。

しかし虎太は一歩も動かず、その場に立ったままだった。

――犬に猫太……別に構わないだろうか。可愛らしいと言えなくもないし……。

だが、それが元で近所の子供などに馬鹿にされ、苛《いじ》められたりしないだろうか。かつての俺がそうだったように。

ううむ、と唸りながら悩んでいると、最後までそばに残っていたお悌が「虎太さん……」と声をかけてきた。

「な、なんだい、お悌ちゃん」

さっきの続きかな、と虎太は手を前に出した。しかし残念ながらお悌は、その手を握ってはくれなかった。

「虎太さん、ぶわ太郎って、何かしら?」

「あ、ああ。ほら、金兵衛さんの話に出てきた、恩返しに現れた犬だよ。水の中からぶわって出てきたから、俺がそう名付けたんだ。随分といい加減な名だと思うかもしれないけど」

「そんなことないわよ。とてもいい名前だと思うわ」

「へ……」

ぶわ太郎がいい名前だと？

「虎太さんが育てることになった犬は、そのぶわ太郎の曾孫ってことらしいわね。それなら名前は、『二代目ぶわ太郎』で決まりね。ああ、ちゃんと『二代目』もつけて呼ぶようにしないと駄目よ」

「お、お悌ちゃん……」

猫三十郎を連れてきた通りすがりの魚屋と似たようなことを言っている。あの厳つい顔をした男も、「猫三十郎」で一つの名だからそう呼ぶように、と断って去っていった。その「猫」をつけるのも面倒だと思っているのに、ましてや「二代目」をいちいちつけて呼ぶのは……。

「そうそう、虎太さんにかぼちゃを持ってこないとね」

お悌はくるりと虎太に背を向けた。

「あ、ちょっとお悌ちゃん、せめて二代目は端折ってしまっても……それに今日くらいは茄子を食わせてくれても……」

お悌は振り向きもせずに店の奥へ歩いていく。しかし虎太の声は届いているはずだ。

「それと、これは今じゃなくても構わないんだけど……お悌ちゃん、いつか俺の嫁さんに……」

「祭りだぁ」
「ええっ」

どさくさに紛れて放たれた虎太の最後の言葉は、再び飯屋の方に戻ってきた礼二郎の大声によってかき消された。お悌はそのまま店の奥へ姿を消した。

虎太は頽《くずお》れるように膝をついた。お悌の方へと伸ばしていた手も下につき、四《よ》つん這《ば》いになってうなだれる。しかしそんな虎太の様子に目をくれる者は誰もいなかった。

亀八が戻ってきたことによる古狸での喜びの宴《うたげ》は、その後も虎太一人を取り残したまま、夜が更けるまで続いた。

主な参考文献

『近世風俗志（守貞謾稿）㈠～㈤』喜田川守貞著　宇佐美英機校訂／岩波文庫

『江戸の食空間　屋台から日本料理へ』大久保洋子／講談社学術文庫

『江戸食べもの誌』興津要／河出文庫

『たべもの江戸史』永山久夫／旺文社文庫

『江戸グルメ誕生　時代考証で見る江戸の味』山田順子／講談社

『江戸の町奉行』南和男／吉川弘文館

『神隠しと日本人』小松和彦／角川ソフィア文庫

『嘉永・慶応　江戸切絵図』人文社

本作は書き下ろしです。

輪渡颯介（わたり・そうすけ）

1972年、東京都生まれ。明治大学卒業。『掘割で笑う女　浪人左門あやかし指南』で第38回メフィスト賞を受賞し、講談社ノベルスよりデビュー。怪談と絡めた時代ミステリーを独特のユーモアを交えて描く。「浪人左門あやかし指南」シリーズとして、『百物語』などがあり、好評の「古道具屋　皆塵堂《かいじんどう》」シリーズに続いて「溝猫《どぶねこ》長屋　祠《ほこら》之《の》怪《かい》」シリーズも人気に。他の著書に『ばけたま長屋』『悪霊じいちゃん風雲録』がある。

攫《さら》い鬼《おに》　怪談《かいだん》飯屋《めしや》古狸《ふるだぬき》

第一刷発行　二〇二〇年十一月九日

著者　輪渡颯介《わたりそうすけ》

発行者　渡瀬昌彦

発行所　株式会社講談社

東京都文京区音羽二・十二・二十一

郵便番号　一一二・八〇〇一

電話　出版　〇三・五三九五・三五〇六

販売　〇三・五三九五・五八一七

業務　〇三・五三九五・三六一五

本文データ制作　講談社デジタル製作

印刷所　凸版印刷株式会社

製本所　株式会社国宝社

定価はカバーに表示してあります。

ISBN978-4-06-521499-2

N.D.C.913 246p 20cm